걸음이
거름이
된다면

걸음이
거름이
된다면

©임충만, 2017

초판 1쇄 인쇄 2017년 9월 7일
초판 1쇄 발행 2017년 9월 13일

지은이 임충만
책임편집 강희진
디자인 그별
펴낸이 남기성

펴낸곳 자화상(프로젝트A)
인쇄,제작 데이타링크
출판사등록 신고번호 제 2016—000310호
주소 서울 특별시 마포구 월드컵북로 400 2층 20호 P—2
대표전화 (070) 7555—9653
이메일 sung0278@naver.com

ISBN 979-11-88345-19-9 03810

이 도서의 국립중앙도서관 출판예정도서목록(CIP)은
서지정보유통지원시스템 홈페이지(http://seoji.nl.go.kr)와
국가자료공동목록시스템(http://www.nl.go.kr/kolisnet)에서 이용하실 수 있습니다.
(CIP제어번호: CIP2017022934)

Travel to Bhutan

걸음이
거름이
된다면

임충만 지음

자화
상

걸음이 거름이 된다면
어떨까?

2016년 대한민국은 참 소란스러운 일이 많았다. 청년실업은 계속해서 오르고 세대 간의 갈등이 심화되었을 뿐만 아니라 대통령의 탄핵, 비선실세 관련 등 많은 일이 일어났다. 그러나 많은 사건 사고 가운데 대한민국을 실제로 가장 크게 흔들어놓은 사건은 바로 지진이었다.

9월 12일 오후 8시 12분 경북 경주 지역에서 일어난 지진은 1978년 계기지진 관측 이래 한반도에서 발생한 최대 규모였다. 우리나라도 결코 지진에서 자유롭지 않다는 것을 실감했을 뿐 아니라 2년 전 네팔에서 일어난 지진이 남의 이야기 같지 않게 느껴졌다.

2015년 4월 25일 네팔 간다키 구 고르카 현에서 규모 7.8의 대지진이 있었다. 이는 1934년 네팔-비하르 지진 이후 네팔에서 일어난 가장 강력한 지진이었다. 이 일로 네팔, 중국, 인도, 파키스탄, 방글라데시에서 8천4백 명 이상이 사망한 것으로 추정된다.

자연재해는 인간의 힘으로 어찌 할 수 없는 일이지만 무언가 내가 할 수 있는 것을 찾아 여행을 떠나기로 했다. 이십대의 마지막 여행이기에 더욱 기대가 컸고 말로만 듣던 히말라야를 직접 가본다는 생각에 설레기도 했다. 하지만 마냥 설레기만 한 것은 아니었다. 지진 후 2년 가까이 흘렀으니 어느 정도 피해복구가 이루어지지 않았을까, 그 재난을 이겨내고 네팔 사람들은 지금 어떻게 살아가고 있을지 걱정부터 앞섰다.

히말라야가 있는 네팔은 꼭 한번 가보고 싶은 나라 중 하나였다. 나 자신을 위한 도전이라는 목표도 있었지만 산을 오르며 나의 걸음이 누군가의 삶에 거름이 될지 모른다는 막연한 희망도 품을 수 있었다. 그 일환으로 지인들의 도움과 SNS를 통해 네팔의 어린 학생들에게 전달하기 위한 학용품을 모으기 시작했다.

학교, 친구, 선후배 등 많은 분들의 도움이 있었는데 특히 카페 알베르게를 운영하는 전승연 형님이 큰 도움을 주셨다. 또한 헌혈 100회를 맞이한 만큼 수혈이 절실한 환우를 위해 헌혈증을 모금하고, 이전 산티아고 순례길을 여행하며 촬영한 사진을 엽서로 만들어 판매해 환우에게 장학금을 주기로 했다. 실행하고 걸으면 거리에 따라 기부에 참여할 수 있는 어플리케이션 '빅워크'에도 모금통을 개설했다.

헌혈에 대한 부정적인 생각으로 참여하지 못하는 분들도 있고 건강상의 이유나 개인적인 사정으로 참여하지 못하는 분들도 많다. 그런 분들이 간접적으로 기부에 참여하고 지속적으로 헌혈에 관심 가져주기를 바라는 마음으로, 그리고 평소 헌혈에 관심 없었던 사람들도 새로이 참여해 수혈이 필요한 사람들과 소아암 친구들의 치료에 도움이 되길 바라는 마음으로, 나는 힘이 닿는 데까지 히말라야를 오르기로 했다.

나 혼자만의 걸음이 아니라 마음이 맞고 뜻이 있는 이들과 함께 걷고 싶었다. 함께하는 걸음이 누군가에게 거름이 되길 바라는 마음을 담아서 한 글자 한 글자씩, 한 걸음 한 걸음씩 이야기를 써본다.

contents

prologue • 4

첫 번째 걸음

─

카트만두
랑탕 트래킹

두 번째 걸음
—

치트완
국립공원

세 번째 걸음
—

포카라
ABC 트래킹

네 번째 걸음
—

수교 30주년 부탄,
대한민국

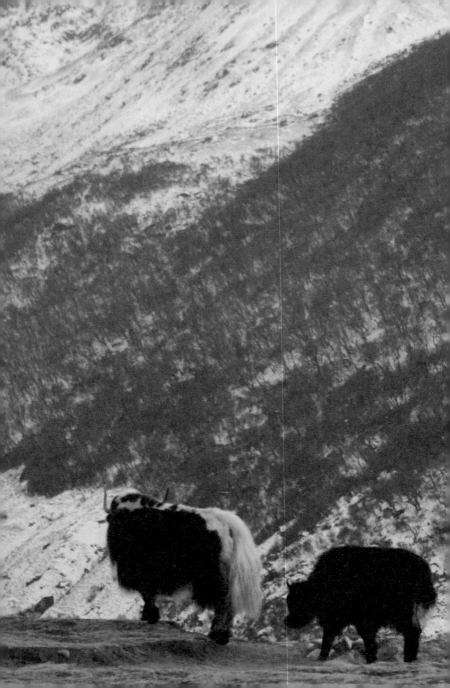

첫 번째 걸음

———

카트만두
랑탕 트래킹

#001

길을 잃은 사람

인생의 길은 내 마음대로 되는 것이 아니다. 물론 어떤 이들은 부모가 먼저 간 길을 따라 탄탄대로를 걷기도 하고, 또 어떤 이들은 스스로 노력하여 운이라는 친구와 함께 쉬운 길을 걷기도 한다.

하지만 많은 사람들이 가끔은 길을 잃고 방황한다. 심지어 오랫동안 걸어온 길이 내 길이 맞는지 의심하기도 하고 또 그동안 걸어온 길을 돌고 돌아 다시 제자리로 돌아오기도 한다.

그 길이 맞는지 아닌지는 직접 가봐야 알 수 있다. 그런 과정 속에서 꼭 맞는 길이 아니더라도 배우고 느끼는 것이 있다면 결코 실패는 아니다.

어딜 향해 가야 할지 그 목적지를 정하기 위해 삼수, 편입 그리고 2년 동안의 휴학이라는 길을 걸으면서 나는 한때 성취감을 맛보기도 하고 또 한편으로 좌절감에 빠져 헛되이 시간을 보내기도 했다. 돌이켜보니 한 걸음 한 걸음 내디디며 걸었던 그 길이 어떤 길이었든 간에 현재의 나를 만드는 데 큰 거름이 되었다. 물론 그 길을 지나는 동안에는 앞으로 어떤 미래가 펼쳐질지 한 치 앞도 몰랐고 잘해낼 수 있을지도 한걱정이었다. 너무나 고통스러운 시절들도 있었다.

어떤 꿈을 품고 살아야 할지, 막막하고 답답하기만 했고 이상과 현실에 타협하는 나 자신이 싫었다. 남들보다 느린 속도로 걷다가 편입을 준비할 때는 너무 늦는 건 아닐까 걱정했고 최선을 다한 시험에서 합격하지 못했을 때는 우울감에 빠지기도 했다. 그렇지만 어떤 길을 걸을 것인가 끊임없이 고민하는 가운데 그 길을 찾기 위해 다양한 경험을 쌓다 보니 하나둘씩 실마리가 보이기 시작했다.

나는 히말라야에 가고 싶었다. 지금까지 건강하게 살아온 것과 헌혈 100회를 맞이해 나 자신에게 선물을 꼭 하나 해주고 싶었다. 그리고 이 여행을 통해 나처럼 길을 헤매거나 어려움에 처해본 경험이 있는 이들에게 도움이 되고 싶었다.

#002

아버지

/

자동차 0대
스마트폰 2대
가족 구성원 4명
자전거 4대

아버지가 8년쯤 하시던 일을 그만두면서 차를 파셨다. 그때부터 지금까지 우리 집에는 자동차가 없다. 대신 자전거가 많아졌다. 나는 해외에 나갈 때면 주로 캐리어보다는 배낭 하나 짊어지고 잠실 버스 정류장까지 걸어가서 공항 리무진을 타고 인천공항으로 간다. 평소와 다르게 그날은 내 가방 이외에도 박스 두 개가 더 있어서 버스 정류장까지 걸어갈 수가 없었다.

길가에서 택시를 잡아타고 박스를 옮길 생각이었는데 아버지가 한사코 버스 정류장까지 데려다주시겠다는 거다. 고집을 이길 수 없어서 부탁드렸다. 자전거 안장 뒤 짐받이에 학용품이 담긴 박스 두 개를 올리고 끈으로 묶어 고정시킨 후 자전거를 끌고 둘이 함께 20여 분을 걸었다. 나는 15kg 배낭을 메고 아버지는 40kg 정도의 학용품이 든 박스 두 개를 실은 자전거를 끌고 이런저런 이야기를 나누며 걷다 보니 어느새 공항버스 정류장에 도착했다.

언제 한 번이라도 공항에 마중 나오시거나 같이 공항에 간 적은 없지만 공항버스를 타기 전 마지막으로 보는 사람은 항상 아버지였다. 내가 남들보다 뒤처질까 걱정하시면서도 정작 당신은 남들을 따라가기가 버거우신지 스마트폰을 사용하지 않는다. 때문에 해외로 나가 있을 때면 아버지와 연락은 끊기고 만다.

하지만 나는 안다. 그가 나를 보고 싶어 한다는 것을.

#003

사람

/

여행은 전혀 예측 불가능한 일들을 발생하게 하곤 하는데 그 중 한 가지가 바로 사람과의 관계에서 일어난다. 여행을 통해 누구를 만날지는 결코 알 수 없다. 한 치 앞도 내다볼 수 없는 인생, 그렇기에 인연이란 참 소중하고 신기하다.

비행기는 밤 11시 출발 예정이었다. 모아둔 돈도 많지 않았던 데다, 아르바이트를 했지만 최저 시급밖에 받지 못해서 여유가 없는 경비로 가장 싼 비행기표를 구입했다. 그리하여 인천에서 출발하는 카트만두행 대한항공 직항 노선은 꿈도 못 꾸고 약 24시간이 걸리고 두 번 경유하는 노선을 택했다. 인천—시안—쿤밍—카트만두, 총 세 번에 걸쳐 비행기를 갈아탄다.

올림픽대로를 달리는 버스에서 한강을 바라다보았다. 귀국하는 날 서른 번째 생일을 맞이하기도 하려니와 때늦은 나이에 마지막 학부 학기를 끝마친다고 생각하니 앞으로 어떻게 살아가야 할지 살짝 두려운 마음이 들기도 했다. 하지만 한편으로는 이번 여행을 통해 나 자신의 성장을 꾀하는 동시에 무엇이건 끊임없는 도전을 시도한다면 또 다른 길이 열릴 것이라 믿었다.

인천공항 도착, 수화물 검사를 위해 5분 정도 있다가 출국심사를 받으러 가라고 해서 잠시 숨을 고르고 있는데 갑자기 카운터 직원이 나를 부르더니 수화물에 문제가 있다고 했다. 문제가 될 만한 위험한 물건은 전혀 없고 친구와 지인들 그리고 승연이 형이 도와주어서 모은 학용품밖에 없는데 도대체 뭐가 잘못된 건지 순간 덜컥 겁이 났다.

"박스 안에 공이 있나요?"
"네, 축구공 네 개가 들어 있어요."
"축구공은 기압 때문에 바람을 빼서 수화물로 보내야 해요."

승연이 형이 네팔 아이들에게 전달하라고 건네준 축구공 네 개가 박스 안에 들어 있었는데 바람이 조금 남아 있었던 모양이다. 안도의 한숨을 내쉬고 직원과 함께 축구공 하나하나 바람을 뺀 다음 다시 포장하고 나서야 박스는 검색대를 통과할 수 있었다.

첫 번째 탑승기는 인천에서 시안으로 향하는 비행기였다. 서울보다 시차가 한 시간 늦은 시안까지는 약 세 시간이 걸린다. 새벽 2시쯤 시안 공항에 도착해서 수화물을 찾아 보안 검색대를 통과하고 난 뒤 공항 내에 노숙할 만한 곳을 찾기 시작했다. 쿤밍으로 향하는 두 번째 비행기를 타기 위해서는 여섯 시간이라는 긴 시간이 남아 있어서 잠시라도 눈 붙일 장소가 필요했다. 마땅한 장소를 찾다가 같은 비행기를 탔던 사십대 중반으로 보이는 한국 남성분을 만났다. 그분도 나와 똑같이 세 번 비행기를 갈아타고 카트만두로 가는 중이었는데 쿤밍에 도착해서 형님의 도움을 받게 되었다.

인천에서 시안으로 향하는 비행기와 시안에서 쿤밍으로 향하는 비행기를 탈 때는 등산스틱을 배낭에 넣은 채 기내에 가지고 탔는데 쿤밍에서 카트만두로 가는 비행기를 탈 때는 보안 검색대에 걸리고 말았다. 가지고 탈 수 없으니 버리든지 수화물로 보내라는 것이었다. 이미 박스 두 개를 보내서 등산스틱까지 수화물로 보내려면 추가 요금을 내야 하는 상황이었기에 등산스틱을 아예 버려버릴까 난감해하고 있을 때 형님이 자신은 수화물을 하나만 보냈으므로 하나 더 보낼 수 있다며 도와주겠다고 했다. 그러고는 다시 체크인 카운터로 가서 등산스틱이 들어 있는 배낭을 통째 수화물로 보내주었다.

카트만두 공항에 도착하니 한국에서 미리 연락해두었던 네팔 현지 트래킹 전문 회사 직원이 운전기사와 함께 나와 있었다. 형님은 숙소를 잡아놓지 않았기에 오늘은 나와 함께 차를 타고 가서 같은 숙소에 묵고 이후 각자 일정에 따라 이동하기로 했다.

카트만두에서 관광객이 많이 머무르는 타멜 거리에 위치한 호텔에 도착하여 짐을 푼 뒤 나는 트래킹 계획을 짜기 위해 여행사로 가고 형님은 타멜 거리를 걸으며 시간을 보내기로 했다.

여행사 직원을 만나 일정과 비용에 대해 세부적인 이야기를 나누고 포터와도 인사를 나눴다. 비행기를 세 번이나 갈아타고 공항에서 노숙도 한 데다 시차 적응도 아직 못했기 때문에 오늘과 내일은 쉬면서 트래킹을 위한 준비를 하고 모레 떠나기로 했다.

숙소로 돌아와 형님과 저녁식사를 하러 나갔다. 모모스타라는 음식점에서 우리는 네팔 만두인 모모와 스프링롤을 주문하여 맥주를 곁들이며 이야기를 나눴다. 나는 네팔이 처음이지만 형님은 네팔을 여러 차례 다녀갔다고 한다. 이야기를 나누다 알게 된 사실이었는데 형님과 나는 오래전 같은 지역구에 살았다. 더 신기했던 건 초등학교뿐만 아니라 고등학교 선배이기도 한 것이었다. 이미 도움을 받은 터에 후배라고 다시 한 번 밥까지 얻어먹었다.

　남은 여행 기간 동안 또 누구를 만날지 알 수 없지만 나 역시
누군가에게 조금이라도 도움이 될 수 있기를 바라며 언젠가는
경제적으로도 여유로워져서 나 같은 대학생 신분의 여행자들에
게 밥 한 끼 사줄 수 있는 사람이 되겠다고 다짐했다.

　문화유산, 자연, 건축물 등 여행을 통해 만나는 모든 것들이 설
렘을 주지만 그 가운데에서도 새로운 사람을 만나는 일이 가장
나를 행복하게 만든다. 그 사람의 인생 이야기를 공유하는 것이
곧 한 권의 책을 접하는 것과 같으므로.

인간의 손으로 만들어 올렸던 흙들이
자연의 흔들림 속에서 무너져 내렸다

004

무질서 속 질서

/

빵 빵 빵. 경적 소리가 끊이지 않았다. 도로에는 오토바이와 자동차가 끊임없이 소음을 지르며 도로를 달리고 있었는데 그들에게 멈춤이란 없었다. 호텔 직원에게 물어보았다.

"카트만두에는 신호등이 없나요?"
"신호등뿐만 아니라 횡단보도도 거의 없어요."

봉사차 인도네시아, 필리핀, 캄보디아를 다녀봤지만 네팔 카트만두 도로가 가장 복잡하고 정신이 없었다. 끊임없는 경적 소리에다 비포장도로 때문에 계속해서 먼지가 날리고 있었고 심지어 중앙선조차 보이지 않았다.

하지만 그들 나름대로 가상의 중앙선을 두고 도로를 달리고 있었다. 끊이지 않는 경적 소리는 추월하기 위한 것이 아니라 서로 부딪히지 않기 위해 내는 소리였다. 이웃 국가인 인도는 자동차에 사이드미러도 없다고 들었는데 길이 좁기 때문에 부딪히지 않기 위해 제거한다고 한다. 네팔 카트만두 도로의 자동차들은 다행히 그 정도까지는 아닌가 보다.

횡단보도는 없고 차와 오토바이는 경적을 울리며 빠른 속도로 내달리고 있고, 길은 건너야 하는데 어찌 할 바를 몰라 우왕좌왕하다가 네팔 사람들은 어떻게 하는지 가만히 쳐다보고 있자니 다들 무단횡단을 하고 있었다.

"절대 뛰지 말고 걸어가, 그러면 차들이 피해."

네팔에 자주 와본 경험이 있는 선배가 조언이라고 해준 말이다. 조금 덜 복잡할 때 길을 건너기 위해 도로 쪽으로 한 걸음을 내디뎠더니 경적 소리가 귀청을 때리면서 정말로 차들이 나를 피해 갔다.

무질서 같아 보이는 길 위의 그들만의 질서.

네팔 카트만두 거리에서

#005

도둑 원숭이

본격적으로 히말라야 트래킹을 하러 떠나기 전 연습 삼아 걸어보기도 할 겸 카트만두 시내를 둘러보기로 했다. 카트만두에서 가볼 만한 관광지가 표시돼 있는 지도를 보다가 몽키템플이라고 불리는 스와얌부나트에 가보기로 했다.

숙소가 위치한 타멜 거리로부터 스와얌부나트까지는 약 2.5km, 택시로는 10분이 채 걸리지 않으며 가격은 300네팔루피, 도보로는 약 30분이 걸리는 거리다.

지도를 보면서 카트만두 골목골목을 걷다 보니 어느새 몽키템플 스와얌부나트에 도착했다. 밑에서부터 원숭이들이 뛰놀고 있었다. 365개의 계단을 따라 올라가니 부처의 눈이 나를 반겨주었다.

스와얌부나트 언덕 정상에는 절도 있고 기념품을 파는 가게도 많았다. 기도하기 위해 절을 찾은 사람, 운동 삼아 계단을 뛰어 올라온 사람, 또 나 같은 관광객 등 사람들도 각양각색이었다.

평균고도 1,200m, 카트만두 시내가 훤히 내려다보이는 곳에서 경치를 감상하며 서 있자니 문득 2년 전 지진이 났을 때는 어떤 모습이었을지 궁금해졌다.

그렇게 모두들 전망에 넋이 빠져 있을 때 원숭이 한 마리가 갑자기 전경에 심취해 있던 한 관광객의 배낭 옆주머니 속 물병을 가지고 도망갔다. 그 서양인 관광객과 나는 눈을 마주치고 허탈한 웃음을 지었다. 겁도 없는 원숭이 같으니라고! 너를 보고 있는 부처의 눈이 몇 갠데……

간 큰 소매치기 원숭이.

도둑 원숭이, 스와암부나트

006

색

/

　내가 좋아하는 것은 무엇이며 잘하는 것은 또 무엇일까? 그저 생각 없이 살다가 언제인가 나는 과연 어떤 색깔을 가진 사람인지 한참 생각해본 적이 있다. 그리고 다른 사람들은 어떤 색깔을 가지고 살아가는지 궁금해졌다.

　나도 친구들도 누군가로부터 강요를 받은 것은 아니었다. 하지만 자신만이 가진 고유의 색깔을 저마다 일부러 숨긴 것인지 아니면 그 색깔이 겉으로 드러나지 않은 것일 뿐인지 주변을 둘러보면 온통 회색 빛깔뿐이었다. 주입식 공부에 이끌려서 하라는 대로만 하고 그 길을 따라가지 않으면 비정상적으로 여겨지곤 했다. 사실 따라오라는 길 외에 다른 길이 있는 줄도 몰랐다.

스와얌부나트, 카트만두

초, 중, 고등학교 12년의 정규 교육 과정 속에 한결같이 등수가 매겨진다. 그리고 그 수치를 바탕으로 대학에 진학하여 또다시 틀에 박힌 규정 과목을 이수하면서 학점이라는 달리기로 승부를 내야 한다. 그러고는 취업전선에 뛰어들어 취직을 하고, 진정한 사랑보다는 조건에 맞는 배우자를 찾아 같이 살기 시작하고……. 이렇게 살지 않아도 자신의 삶을 잘 살아가는 사람들이 많은데 왜 어릴 적에는 몰랐을까? 세계인구 70억 세상에서 하나의 정답은 없고 다름만 있을 뿐인데 왜 우리는 한 가지 색을 고집하고 한 가지 길만을 삶이라고 규정지었는가?

내가 좋아하는 것은 무엇일까?
내가 잘하는 것은 무엇일까?
내가 좋아하는 색은 무엇일까?

이제 나는 바로 답할 수 있다. 내가 가장 좋아하는 색은 빨강색. 빨강이 상징하는 것처럼 아직까지 그토록 정열적이고 열정적이고 저돌적이지는 않지만 나는 그런 삶을 살고 싶다. 남들과 비교당하면서 평가받는 똑같은 색이 아니라 확고한 나의 신념과 특색을 나타낼 수 있는 그런 삶 말이다.

#007

랑탕 트래킹

/

05시 기상

시차 적응이 덜 됐는지 선잠을 자고 일어나 씻고 짐을 정리해 호텔 로비로 나섰다. 5시부터 거리는 오늘 하루를 시작하기 위해 걸음을 서두르는 사람들이 많았다. 길거리에서 홍차를 파는 노점상에는 사람들이 삼삼오오 모여 차를 마시며 이야기를 나누고 있었다.

"이리 와서 한 잔 마시고 한 잔은 호텔 카운터에 전해줄래?"

오늘 포카라로 이동하기 위해 아침 버스를 타는 선배는 일찍이 일어나서 호텔 옆 홍차 파는 노점에 가 있었다. 한국에선 홍차

를 좋아하지 않던 나도 얼떨결에 따라 마셔봤는데 맛이 꽤나 좋
아 계속해서 홀짝홀짝 들이켰다. 트래킹을 하는데 학용품 두 박
스를 가지고 가는 것은 무리여서 호텔 직원에게 양해를 구했다.
트래킹이 끝나고 다시 이곳에서 묵을 테니 박스를 맡아달라고.
랑탕 트래킹 이후 학용품을 전달할 아이들이나 학교를 찾으려는
일정을 세웠기 때문이다.

06시

이틀 전 현지 여행사에서 만났던 기란이라는 포터가 호텔에
도착했다. 선배와 작별인사를 하고 기란과 나는 택시를 타고 버
스 정류장으로 향했다. 5분여 정도 가서 버스 정류장에 도착해보
니, 터미널 같은 건물은 없고 20~30명 정도 탈 수 있는 중형 버
스가 길가에 나란히 주차되어 있었다. 그리고 버스표를 판매하
는 매표소가 있었다. 길가에는 노점상들이 홍차와 갖가지 빵 등
을 판매하고 있었고, 버스를 기다리는 사람들 주변으로 표를 파
는 사람들이 큰 소리로 목적지를 외치며 영업을 하고 있었다.

기란이 랑탕 트래킹의 시작점인 사브로베시Shabrubesi 버스표를
구입하고서 큰 배낭은 버스 위로 올린 뒤 버스에 올라탔다. 운전
석과 보조석은 작은 문과 유리로 뒷좌석과 분리되어 있었고 양
측 위에는 작은 선풍기가 여러 대 달려 있었다.

07시 30분

승객들이 한 명 한 명 좌석에 앉고 7시 30분이 되자 버스가 출발했다. 우리나라 고속버스처럼 운전기사 한 명만 있는 것이 아니라 직원으로 보이는 한두 명이 더 타고 있었다. 말로만 듣던 버스 안내양, 차장과 같은 개념인 모양이었다. 한 번도 본 적 없지만 우리나라 버스에도 1982년 자동벨과 자동문이 도입되기 전 버스안내양과 차장이 있었다고 한다. 남자 한 명이 출입문 쪽에 매달려 밖을 향해 목적지를 외치며 길가에 서 있는 사람들 보고 탈 사람 없냐고 묻자 정류장이 아닌 것 같은 곳에서도 한두 명씩 버스에 올랐다. 좌석이 꽉 차 있음에도 불구하고 그렇게 하나둘씩 버스를 타다 보니 서 있는 사람들로 버스는 만원이 되었다.

버스의 외향은 다채로운 색깔로 버스 운전자의 성격이나 취향을 나타낸 것만 같았고 버스 안에서는 텔레비전 영화가 나오다가 네팔 전통음악이 흘러나오기도 했는데 그럴 때면 사람들이 따라서 흥얼거리곤 했다. 시내에서 조금 외곽으로 나오자 길이 포장되어 있지 않은 상태라 버스가 계속 좌우로 흔들렸다. 산을 오르기 시작한 버스는 너무 무서웠다. 비포장 길은 정말 좁았는데 왼쪽을 보니 운전에 조금만 소홀해도 금세 낭떠러지로 떨어질 것만 같았다.

산 중간중간에는 공사가 진행 중이라 트럭들이 왔다 갔다 하고 있었고 어떤 버스는 그 좁은 길에서 맞은편 차량을 피하려다가 도랑에 빠져 꼼짝달싹 못하는 상황에 처하기도 했다. 한두 시간 만에 한 번씩 버스가 멈추면서 볼일 볼 시간이 주어질 때면 각기 안 보이는 곳으로 흩어져 생리현상을 해결했다. 두 번 정도 검문소도 지나쳤는데 이유는 잘 모르겠지만 그때마다 군인들이 소지품 검사를 했다.

12시

어느 마을에 이르러 버스가 한 음식점 옆에 정차했다. 각자 점심식사를 하고 30분 후 출발한다고 했다. 기란을 따라 음식점으로 들어가 '달밧'을 시켰다. 한국 돈으로 약 3,000원이 안 됐는데 배부르게 먹었다. '달밧'은 네팔 전통음식으로 어느 음식점에서나 흔하게 볼 수 있는데 밥과 카레 그리고 각종 야채 반찬과 스프, 튀긴 쌀과자가 한 그릇에 담겨 나왔다. 마치 급식판 같다. 숟가락을 사용하는 이들도 있었으나 대부분 손으로 식사하는 모습을 볼 수 있었다. 동남아시아 일부 지역에서는 벼 품종 때문에 이처럼 손을 이용해 밥을 먹는데 벼가 찰지지 않아 흐트러지는 경향이 있기에 손으로 꼭꼭 뭉쳐서 먹는 풍습이 남아 있다고 한다. 취향에 따라서 닭고기나 염소고기도 함께 먹는데 가격은 조금 더 비싸게 받는다. 밥을 먹고 밖에서 몸을 풀다가 다시 버스에 올랐다.

카트만두 시내에서 사브로베시까지는 거의 여덟 시간이 넘게 걸린다. 다시 출발한 버스는 중간중간 사람을 내려주고 또 태우고를 반복했다. 버스 안에 이방인은 나뿐이라는 사실이 묘한 기분이 들게 했다. 잠깐 쉬는 시간에 볼일을 보러 나왔다가 저 멀리 눈 덮인 만년설이 보이는데 정말 황홀했다. 내 발로 과연 어디까지 갈 수 있을지 궁금하기도 했다.

16시 30분

아름다운 산을 바라보면서도 왼쪽 낭떠러지를 쳐다보면 정말 아찔했다. 가드레일은 당연히 하나도 없고 천연 비포장도로는 가끔 사람을 의자에서 붕 뜨게 해 버스 천장에 머리가 닿을 듯한 상황도 만들었다. 도대체 이런 산에서 사는 사람들은 불편함이 없는지 또 이 길은 어떻게 만들어졌는지 상상도 못하겠다. 버스기사의 탁월한 운전 실력 덕분에 꼭 놀이기구를 타는 듯한 기분을 느끼며 별 탈 없이 목적지인 사브로베시에 도착했다.

버스 차장인 소년이 버스 위로 올라가 승객들의 짐을 내려줬는데 가끔은 오토바이도 싣고 염소를 올릴 때도 있다고 한다. 가방을 메고 기란을 따라서 한 로지로 들어갔다. 네팔에는 로지Lodge라는 숙박시설이 많은데 작은 일인용 침대에 2인 1실로 이루어진 곳이 대부분이다.

사브로베시 가는 길

만년설

로지 주인장이 안내해주는 2층 방에 가방을 내려놓고 1층으로 내려왔다. 1층은 식당으로 운영하고 2층부터는 여행객들이 잠을 청할 수 있는 방으로 이루어져 있는 로지였다. 1월은 비수기인지라 로지에 외국인 관광객은 나밖에 없었고 함께 걸을 포터인 기란과 주인장과 이 집 식구들 그리고 이 동네 사람들뿐이었다.

내일 아침부터 본격적으로 산을 오를 생각에 설레기 시작했다. 멀리서 그 이름을 들어보기만 했던 히말라야, 사진으로만 봤던 히말라야는 어떤 모습을 하고 있을지 궁금했다. 그리고 마음 한편으로는 지진 피해가 다 복구되어 있기를 바라고 또 바랐다.

008

히말라야

히말라야 산맥이 바로 저 앞에 보인다.
내 두 눈으로 직접 보다니 꿈만 같다.

꿈인 줄로만 알았는데 한 발자국 한 발자국 내디디니
꿈으로만 그치는 게 아니라 현실이 되기 시작했다.

넓고 멀게만 느껴왔던 지구도 한 걸음 내딛기 시작하니
다른 나라가 우리 옆 동네 놀이터 같았다.

한 걸음 떼어보지 않았다면 옆 동네는
그저 꿈으로만 남았을 텐데
한 발자국 떼어보니 가까이 있음을 알 수 있었다.

한 발자국 한 발자국 꿈을 향해서
길을 걷다 보면
그 길이 현실이 되겠지.

히말라야

티셔츠

/

사브로베시는 랑탕 트래킹의 출발점이라서 성수기 때는 트래커들의 집합소가 되었는데 비수기인지라 매우 한가했다. 이미 산에 올라갔다가 내려온 것으로 보이는 서양인 청년들 외에 관광객의 모습은 전혀 볼 수 없었다. 공을 가지고 노는 아이들이 보였고 길가 양옆으로는 이발소, 구멍가게, 오토바이 수리점 등이 제대로 된 문조차 없이 열려 있었다.

지진의 흔적이라곤 찾아볼 수 없는 한적한 시골마을 같았다. 길가에는 강아지들이 누워 있었고 염소들이 줄줄이 떼를 지어 풀을 뜯으러 가고 있었으며 닭들은 자유롭게 거리를 활보하고 있었다.

　마을은 크지 않아서 둘러보는 데 오랜 시간이 걸리지는 않았다. 해가 어둑어둑해질 무렵 로지로 돌아왔다. 원활한 정도는 아니지만 로지에서는 와이파이도 무료로 사용할 수 있었다. 기란이 저녁으로 무얼 먹을지 메뉴판을 건네며 물어보았다. 로지는 1박에 200루피로 한화 약 2,000원이었는데 다음 날 아침 숙소를 떠날 때 식사비용과 함께 지불하면 된다고 했다.

　대부분의 메뉴가 100~300루피 정도였다. 아직은 산 초입이라 그런지 비싼 편은 아니었다. 위로 올라가면 갈수록 음식과 물품 가격이 비싸지니 필요한 것은 미리 구입하라고 기란이 조언을 해주었다. 네팔 만두인 모모를 저녁식사로 주문하고 두루마리 화장지 하나와 500ml 물 하나를 구매했다. 카트만두 타멜 거리에 있는 마트에서는 물 500ml 가격이 20루피였는데 이곳에선 서너 배가 더 비쌌다. 음식을 주문하고 기다리고 있자니 이 동네 주민으로 보이는 사람들도 로지 1층 식당에 와서 메뉴판을 보고 있었다.

　식사 후 잠깐 산책을 나왔다가 여자아이 둘과 마주쳤다.

"이 로지에 사니?"
"아니요, 동네에 사는데 그냥 놀러왔어요."
"저기, 남는 옷 있으면 좀 주실래요?"
"응? 옷은 남는 게 없는데……."

돈도 아니고 옷을 달라고 해서 순간 당황했다. 남는 옷이 없다고 했더니 이번에는 손으로 옷가게를 가리키는 거다. 황당해서 나도 모르게 웃음이 나왔다.

　"잠깐만 기다려줄래?"

　나는 얼른 방으로 들어갔다가 한국에서 가져온 초콜릿바 몇 개와 양말 한 켤레 그리고 두꺼운 긴팔 윗옷을 하나 가지고 나와 아이들에게 그 물건들을 건넸다. 물가야 우리나라보다 훨씬 저렴하지만 그래도 가난한 여행자라 옷을 사줄 수는 없었다. 하지만 똘똘한 친구 같아서 뭐라도 조금은 도움이 되고 싶었다.

　"지금 내가 줄 수 있는 게 이것밖에 없네."
　"고맙습니다. 그런데 옷이 너무 커요……."

#010
나마스테

나마스테란 인도와 네팔에서 사용하는 인사말로 '나의 신이 당신의 신에게 인사합니다'라는 의미를 가지고 있다. 만났을 때 뿐만 아니라 작별할 때도 사용하는 산스크리트어다.

서양의 인사 중 악수는 서로의 무기 소지 유무를 알아내 적의가 있는지 없는지 파악하기 위해 시작됐는데 네팔이나 인도 사람들은 오래전부터 서로의 다름을 인정하고 존중했음을 알 수 있다.

011

안개

묘한 느낌이 들어 뒤를 쳐다보니 안개가 따라오고 있었다.

이제까지 본 적 없는 속도로 정말 빠르게 흘러가는 안개는 몇 초도 지나지 않아 우리를 앞서 갔고 이내 우리는 안개 속을 걷게 되었다. 그 빠르기에 꽤나 놀라고 두려웠다.

곧이어 몇 걸음 밖에서는 뭉게뭉게 두둥실 떠다니는 하얀 구름만이 보였다.

좀 더 조심히 천천히 천천히 발을 조금씩 조금씩 내디뎠다.

그렇게 반복해서 천천히 천천히 조금씩 조금씩 걸으니 되더라.

앞으로도 또 안개를 만나거든 천천히 천천히 조금씩 조금씩.

안개가 나를 에워싸고 내 앞을 가로막아도 한 발자국씩 한 발
자국씩만.

랑탕 트래킹

잠

/

　잠을 잘 자는 것은 축복이 아닐까? 죽음에 대한 생각과 미래에
대한 이런저런 고민으로 머릿속이 가득 차서 잠이 오지 않았다.
누우면 10초 안에 잠드는 동생이 항상 참 부러웠다. 성격이 낙천
적이라 그런 건지 아니면 체질이 그런 건지. 그런데 전날 여덟 시
간을 넘게 버스로 이동해서 피곤했는지 나도 이른바 꿀잠을 잤
다. 출발 준비를 마친 뒤 아침으로 티벳 빵인 Gurung Bread를
먹고 숙박비와 어제 먹은 점심, 그리고 오늘 아침 식사비를 계산
하고 로지를 떠났다.

　히말라야 트래킹은 입산허가증인 퍼밋^{Permit}과 팀스^{TIMS: Trekker's}
^{Information Managemetn System}라는 것이 있어야 출입이 가능하다. 관광서
비스센터에서 직접 신청을 하여 만들거나 여행사 혹은 숙박업소

에서 대행을 해주기도 한다. 포터나 가이드를 동반하는 2인 이상일 경우 팀스는 파란색이고 개인 트래커의 경우는 초록색을 발급해준다. 팀스와 퍼밋은 각각 2,000루피로 한화로는 2만원이 약간 넘는다. 일단 만들면 한 번 입장만 가능하다. 나는 여행사에서 포터와 함께 왔으므로 기란이 만들어 갖고 있다가 주었다.

사브로베시 마을에 위치한 체크포인트에서 팀스와 퍼밋을 확인받고 본격적으로 트래킹에 나섰다. 첫 난관은 구름다리를 건너는 것부터 시작됐다. 흔들리는 다리에 조금 떨렸지만 큰 어려움 없이 건넜다. 이 다리가 언제부터 만들어졌는지는 모르겠지만 앞서 산을 오르고 또 오르던 사람들이 자신들뿐만 아니라 이 길을 찾는 모든 이들을 위해 만들었을 테니 이유야 어떻든 감사했다.

랑탕 트래킹 구름다리

걷다 보니 어느새 도멘(1,672m)을 지났는데 갑자기 한 방울씩 비가 내리기 시작했다. 적응도 채 안 된 상태에서 첫날부터 비까지 내리면 너무 힘들고 위험할 것 같아 제발 비야 내리지 말아달라고 빌고 또 빌었건만 빗줄기는 굵어져갔다. 조금 더 신중을 기해서 걷기 시작했다. 곧 밤부(1,970m)에 도착했는데 로지에서 점심식사를 하며 비가 그치기를 기다리기로 했다. 아침부터 비를 맞으며 걸어서인지 춥고 배도 고파 수프와 볶음밥을 시켰다. 따뜻한 음식으로 속을 데우고 난롯불을 쪼이며 난로 가까이에 젖은 옷을 벗어두었다.

산을 오르다가 만난 네팔 청년들 한 무리도 비를 피하기 위해 로지 안으로 들어와 몸을 녹이고 식사를 했다. 가볍게 인사하고 이야기를 나누다 보니 어느새 빗줄기가 약해졌다. 젖은 옷도 조금 말랐고 다시 주섬주섬 가방을 챙겨서 발걸음을 내디뎠다. 비가 조금씩 오긴 했지만 가파르지 않은 데다 기란이 가방을 들어주어서 힘들지 않았다.

어느덧 오늘의 목적지인 라마호텔Lama Hotel (2,420m)에 도착했다. 여태껏 가본 산과 전혀 다른 점이 그다지 눈에 띄지 않았지만 군데군데 산속에 위치한 로지와 그곳 주민들을 보며 어떻게 산속에서 살게 됐는지 그들의 문화와 역사에 대한 호기심이 일었다.

점심때 만난 청년들 외에는 트래커들이 없는지 라마호텔도 참 조용했다. 하지만 로지에서 저녁식사를 할 때는 라마호텔에서 살고 있는 사람들과 같은 공간에 있다는 것만으로도 좋았다. 밝지도 않은 전구 하나로 빛을 내는 어두컴컴한 곳에서 이야기 나누며 웃는 모습을 보니 덩달아 절로 미소가 지어졌다.

방으로 돌아와 침대에 몸을 뉘었다. 저 멀리서 폭포 떨어지는 소리와 졸졸 흘러내려가는 물소리가 들렸다. 여행 중 익숙지 않은 잠자리일지라도 대체로 잘 자는 편인데 물 흐르는 소리 때문일까, 설렘 때문일까, 아니면 무슨 근심거리라도 있어서일까 잠이 들었다 깼다를 반복했다.

하루 종일 비를 맞으며 걸어서 분명 몸도 피곤한데 왜 잠은 오지 않는 건지, 오늘 제대로 못 자면 내일 트래킹에 지장이 있을까봐 걱정이 됐다. 제대로 못 잘까봐 걱정하는 일이 또 다른 걱정을 만들어내고…….

확실히 잠을 잘 자는 것도 축복이다.

라마호텔 2,420m

#013

포터

/

짐만 들어주는 포터는 하루에 13달러. 짐도 들어주고 적당한 지식으로 네팔의 역사나 히말라야에 대해 설명할 수 있으며, 트래킹을 할 때 문제가 생기면 해결할 수 있는 포터 겸 가이드는 하루에 17달러. 오랜 기간 트래킹과 포터 경험으로 충만한 전문 가이드는 하루에 20달러. 어떤 사람과 같이 산을 오르겠는가?

최대한 경비를 아끼고 또 아끼고 싶었지만 히말라야는 아직까지 내게 두려운 곳, 미지의 땅이었기 때문에 혼자서는 두려웠다. 여행사에서 포터를 한 명 고용해 산을 오르기로 했다. 우연히 트래킹 카페에서 글을 보다가 한 현지 여행사를 알게 되어 현지에서 만나 얘기해보기로 했다.

카트만두에 도착한 후 사무실을 방문하여 트래킹 코스와 비용 애기를 하고 나서 선택의 시간이 다가왔다. 경비를 아끼기 위해 인건비가 가장 저렴한 포터와 함께 산을 오르고 싶었지만 그냥 포터는 영어가 불가능하고 혹시나 모를 사건 사고에 대처가 불가능하다는 말에 가이드 겸 포터인 기란이라는 네팔 청년과 함께 산을 오르게 되었다. 아무리 정당한 대가를 치르고 고용했지만 낮은 임금 때문인지 괜히 미안한 마음이 가시지 않았다.

듣기로 포터는 최대 30kg까지 짐을 들을 수 있다고 했는데 나보다 나이는 어리고 체구는 비슷한 청년이 잘할 수 있을까 걱정도 들었다. 재미있는 얘기를 하나 들었는데 어떤 포터들은 트래킹 중 힘들면 도망치기도 한다는 것이었다. 다행히도 그는 강인한 사람이었다. 등에는 내 가방을 메고 앞쪽으로는 자신의 짐이 든 가방을 메고선 힘든 기색 하나 없이 산을 함께 올랐다.

그는 단순히 짐을 들어주는 역할을 할 뿐만이 아니라 어느 정도 힘들 때 적절하게 먼저 쉬어 가자고 이야기해주고 무엇이 필요한지도 물어봐주는 등 그지없이 상냥했다. 포터라기보다는 함께 걷는 친구같이 느껴져 나도 내가 들 수 있는 만큼의 짐을 보조가방으로 옮기고 그에게 매일 초콜릿을 주기도 하면서 예의를 갖추려고 노력했다.

그로서는 돈을 받고 일하는 직업에 불과했겠지만 친절한 그 덕분에 히말라야를 오르는 내 발걸음이 한결 가벼웠다.

그러므로 무엇이든지 남에게 대접을 받고자 하는 대로 너희도 남을 대접하라. 이것이 율법이요 선지자니라.

– 마태복음 7장 12절

랑탕 트래킹, 포터 기란과 함께

#014
헌혈

/

누군가는 해야 할 일

라마호텔 2,420m

A형: 원리원칙주의자
B형: 호기심이 왕성
AB형: 유연하다
O형: 활발한 성격

"너는 무슨 혈액형이야?"

혈액형 성격설은 20세기 초 유럽에서 시작되어 한국과 일본 등에 전파됐다. 하지만 과학적으로는 전혀 근거가 없는 유사과학에 불과하다. 그런데 그 사람의 성격을 알 수 있는 하나의 방법으로서가 아니라 생명의 연장선상에 있어서 혈액과 혈액형은 매우 중요하다.

출국 며칠 전 100회째 헌혈에 참여했는데 실은 원래부터 크게 헌혈에 관심을 가졌던 것은 아니다. 한 번 한 번 참여하다 보니 어느새 100회가 되었고, 또 그러다 보니 수혈이 절실한 소아암 환우에게도 자연스레 관심을 갖게 되었다. 기술의 발달로 소아암 완치 확률이 높아지긴 했지만 치료비와 수혈 문제 그리고 맞는 조혈모세포를 찾는 일 등은 여전히 어려운 실정이다. 우리나라는 매년 300만 명 정도가 헌혈에 참여하는데 국내 수혈용 혈액 충당에는 문제가 없으나 의약품 원료로 사용되는 혈액은 대부분 수입에 의존하고 있다.

대부분 십대, 이십대가 헌혈에 가장 높은 참여율을 보이는데 출산율 감소가 인구 감소로 이어지면서 헌혈 참여율도 계속 낮아지는 추세를 보이고 있다. 지금 당장은 큰 문제가 아니더라도 앞으로도 인구가 계속 줄어 헌혈 참여율이 낮아진다면 혈액을 수입에 더욱 의존하는 수밖에 없을 것이다.

헌혈하면 성장에 안 좋은 영향을 미친다거나 노화를 촉진한다거나 골다공증을 일으킨다는 등 많은 오해가 있어왔다. 몸속의 15%는 예비 혈액이기 때문에 이보다 적은 320~400ml의 헌혈은 건강에 무리가 없으며 술 담배가 미치는 악영향에 비할 바 아니게 인체에 무해하다.

누군가가 여러분의 헌혈과 조혈모세포 기증을 애타게 기다리고 있을지 모른다. 그리고 여러분의 걸음으로 누군가는 새 생명을 얻을 수도 있다.

헌혈, 혈액이 복제가 가능하지 않는 한 누군가는 해야 할 일.

#015
지진
/

랑탕은 협곡 지역이라 산사태나 지진에 매우 취약하다. 랑탕 입구에 들어서니 희생자들의 이름이 새겨진 비석이 있었다. 이곳에 살았던 네팔 사람들, 히말라야에 오르기 위해 각국에서 네팔을 찾은 사람들, 그들의 이름을 하나하나 살피다 보니 슬픔이 밀려들었다.

"지진이 나고 몇백 명이 죽었어요. 특히 랑탕 지역 사람들만 500명이 넘게 죽었어요."

길 가던 사람에게 물었더니 자세히 설명을 해주는데 듣고 있는 것만으로도 너무 미안한 마음이 들었다. 비석에 쓰여 있는 네팔 사람들의 이름을 읽을 수는 없었지만 잠시나마 조용히 묵념을 했다.

해외 여러 나라 관광객들의 이름도 국적과 함께 영어로 적혀 있었다. 그중에는 열아홉 살 젊은 청년들도 있었다. 자연이라는 두려운 세력 앞에서 인간은 무력할 수밖에 없다. 그 당시 상황은 어땠을까 생각만 해도 아찔하다. 지진뿐만 아니라, 아무리 조심한다 한들 그 누구도 자연재해 앞에서는 자유로울 수 없을 것이다. 워낙 산길에 익숙하기도 하려니와 무거운 짐을 잘 나르는 네팔 사람들이지만 자신들의 터전이 무너졌던 날을 생각하면 마음이 더욱 무거우리라. 또 언제 지진이 일어날지 모르는데도 이처럼 산에서 삶을 이어가는 이들을 보고 있노라니 걱정이 되었다. 조금 더 안전한 곳에서 지냈으면 하는 마음이 들었지만 그곳에서 살아가는 사람들은 그들 나름대로의 이유가 있을 테니 다시 지진이 일어나지 않기만을 간절히 기도하는 수밖에. 이 지역 근처에 사는 핀조라는 청년에게 조심스럽게 물어본 적이 있었다.

"지진 때문에 8천 명 넘는 사람들이 사망했잖아. 특히 랑탕 지역은 협곡이라 위험한데 왜 사람들은 아직까지 이곳에 살아?"

"다른 곳에 땅이 없기 때문이야. 나도 지진 때 친형을 잃었어."

경제적인 이유에서인지, 고향을 떠날 수 없기 때문인지 정확히는 알 수 없었지만 또다시 지진이 일어나 그들이 어려움에 부딪힐까봐 불안했다. 내가 할 수 있는 일이라고는 그저 두 번 다시 그런 재앙이 일어나지 않도록 연신 기도하는 것뿐이었다.

랑탕 가는 길

길

/

처음부터 길이 있지는 않았다.

수많은 돌과 자갈, 모래로 뒤덮였던 길을
누군가 나보다 앞서서 한 걸음씩 또 한 걸음씩
수십 년 수백 년 걷고 또 걸어 길이 생겼다.

그 길을 따라서
수십 명, 수백 명, 수천 명, 수만 명이 걷고 또 걸어간 길.
그렇게 앞서갔던 사람들의 발자국 하나하나가 모여서 생긴 길.

혼밥

인구는 감소하고 결혼 연령대가 높아지는 동시에 일인가구가 증가하면서 혼술, 혼밥, 혼영화 같은 홀로 시리즈가 유행하다 보니 이와 같은 것을 주제로 하는 드라마까지 방영되기에 이르렀다.

이런 사회변화에 발맞춰 혼자 즐기는 노래방이나 일인 손님을 받는 고깃집 등 다양한 트렌트 현상이 나타나고 있다.

나는 사람들과 만나 이야기 나누는 것을 좋아하는 편이긴 하지만 혼자만의 시간을 즐기면서 재충전하는 스타일이기도 해서 홀로 시리즈에 큰 거부감은 없다. 그런데 혼자 여행하다 보면 가끔 외로울 때가 있다.

특히나 사랑하는 연인들이 여행하는 모습을 보면 그렇게 부러울 수가 없다.

한번은 여행을 하다가 사랑에 빠진 적이 있었다. 그 사람과 같이 밥을 먹으면 혼자 먹는 밥과는 비교도 되지 않을 정도로 맛있었고 같이 걷기만 해도 행복했다.

그때부터인가 보다. 혼자 밥 먹는 것이 싫어지기 시작한 때가.

당신과 밥을 먹고 난 후부터.

사이먼 조르지아 커플

#018

랑탕 스타일

/

둘째 날 목적지는 랑탕이었다. 지진으로 가족을 잃은 친구를
만나기도 하고, 비석에 새겨진 이름을 읽고 난 뒤라 아프고 슬픈
마음을 달래며 랑탕 로지에 도착했다.

숙소에 도착하니 이탈리아에서 온 커플과 카트만두에서 온 여
섯 명의 한 무리가 있었다. 오늘은 숙소에서 이야기 나눌 친구들
이 많다는 사실에 너무나 기뻤다. 이탈리아 친구들은 조르지아와
사이먼 커플이었는데 세계여행 중이며 이탈리아로 돌아가기 전
마지막 나라로 네팔을 여행 중이라고 했다. 그들은 나처럼 포터
한 명과 트래킹 중이었다. 사랑하는 사람과 함께 히말라야 트래
킹을 하다니 너무나 부러웠다.

내게 있어서 히말라야 트래킹은 버킷리스트 중 하나였는데 막상 산을 오르고 보니 다음에는 꼭 사랑하는 사람과 함께 오고 싶다는 생각이 들었다. 저 멀리 흰 눈이 덮인 산을 보고 있자니 마음마저 시원해졌고 내가 히말라야에 있다는 사실이 도무지 믿기지 않았다. 이런 감정과 느낌을 누군가와 함께하고 싶었다. 카트만두에서 온 여섯 명의 절친들은 휴가로 다함께 산을 오르기 위해 랑탕을 찾았다고 한다. 모두 모여 저녁식사를 하면서 이런저런 이야기를 나누었다. 그들은 강진곰파(3,850m)까지 갔다가 내려가는 중인데 내일 트래킹이 끝난다고 했다. '럭시'라는 네팔 소주를 마시며 나에게도 권하길래 한두 잔 받아 마셨다. 우리나라 소주보다는 독한 맛이 덜하면서 약간 달착지근했다.

분위기가 무르익어가자 나는 친구들에게 각국의 노래를 부탁했다. 조르지아와 사이먼 커플은 이탈리아 노래를 불렀고 네팔 친구들은 우리나라의 아리랑과 같은 '레쌈 삐리리Resham firiri'를 신나게 불러주었다. 이 노래는 카트만두 길거리나 버스에서도 흔히 들을 수 있는 네팔 민요인데 창공을 날아가는 새의 모습을 표현했다고. 나도 질 수 없어서 노래 대신 친구들이 부르는 '강남 스타일'에 맞춰 춤을 추기 시작했다. 그리고 다같이 따라 불렀다.

오 오 오 오빠 랑탕 스타일

019

옴마니반메훔

감사했다. 낯선 환경과 추위 때문에 잠을 푹 자지는 못했지만 아침에 길을 나서면 상쾌한 공기 때문인지 마음이 시원했다. 목적지가 얼마 남지 않아 발걸음도 가벼웠고 그곳에서 바라보는 히말라야는 또 어떤 모습을 하고 있을지 설렜다.

셋째 날은 전날보다 덜 심심했다. 랑탕 로지에서 알게 된 친구들과 친해져 함께 걸으며 이야기도 많이 나누었다. 위로 올라갈수록 낮에는 햇볕 때문에 꽤나 더웠지만 아침과 밤에는 매우 춥고 주위에 눈도 많았다. 잠시 동심으로 돌아가 친구들과 눈싸움도 했다. 그러고 나서 점심으로 피자를 시켜 먹었다. 로지에서는 숙박뿐만 아니라 음식도 판매하는데 홍차부터 핫초코, 녹차, 마살라 차, 레몬티, 생강차 등 다양한 차가 있었다.

추운 날씨에 몸을 녹일 수 있는 포리지와 수프 그리고 네팔 전통음식인 달밧부터 티벳 전통 빵 그리고 네팔과 어울리지 않게 스파게티나 파스타, 피자 등도 메뉴에 있었다. 가격은 고도가 높은 곳일수록 비싼데 우리나라 돈으로 4~6천원이면 한 끼 식사가 가능하다. 음료로 에베레스트 투보르그 산 미구엘 맥주는 700루피, 코카콜라나 탄산음료는 350루피였다. 트래킹 시작 마을인 사브로베시보다는 확실히 많이 비쌌다. 가끔 목이 말라 콜라가 너무 마시고 싶었지만 비싼 가격 때문에 산을 내려가서 사기로 했다.

올라갈수록 눈 덮인 곳이 많았고 저 멀리 아름다운 설산이 보였다. 협곡이라 길이 험하고 주변에는 큰 바위가 정말 많았는데 옛날 사람들은 어떻게 이 길을 걷고 또 걸어서 길을 냈는지 놀랍기만 했다. 곧이어 오늘의 목적지인 강진곰파(3,850m)에 도착했다. 중간중간 말로만 듣던 야크 떼도 보이고, 어쨌든 이곳에 사는 사람들을 보기만 해도 마냥 신기했다.

약간의 고산증세로 머리가 지끈거렸다. 로지에 도착한 후 방으로 들어가 잠깐 잠을 청했다. 강진곰파까지 별 탈 없이 도착해서 정말 감사했다. 저녁이 되어 로지 4층 식당으로 갔다. 나와 함께 걸은 포터 기란과 사이먼, 조르지아 커플 그리고 그들의 가이드까지 다섯 명이 함께 식사를 하고 이야기를 나누었다.

부엌 한쪽에는 이불과 담요가 쌓여 있었는데 그 옆에서 할머니 한 분이 주무시고 계셨다. 로지를 운영하는 사람들의 가족으로 보였다. 로지에서 숙박을 할 때마다 운영하는 주인장뿐만 아니라 그들의 가족이나 이웃 주민들을 볼 수 있었다. 8,90년대 우리나라처럼 그들은 자신들의 로지를 운영하면서 심심할 때 서로의 로지에 놀러가는 것 같았다. 주무시던 할머니가 잠이 깨어 식사를 하신 후 우리 곁에서 계속 묵주를 만지며 옴마니반메훔을 외우셨다. 옴마니반메훔은 티벳 언어로 '진주 속의 보석'이란 뜻을 가지고 있다. '옴'은 우주를 뜻하고 '마니'는 지혜를 의미하는데, 우주의 지혜와 자비가 우리 마음속에 퍼진다는 축복의 말이다. 티벳 불교에서 유래된 이 말은 실제로 승려나 신도들이 사찰을 돌면서 예불을 드릴 때 사용한다고 한다.

할머니가 주문을 외우다 말고 무언가를 주섬주섬 꺼내서 코로 흡입하더니 이내 나에게도 권했다. 코카인이었다. 네덜란드 암스테르담을 여행할 때 현지인들이 마리화나를 하는 모습은 자주 봤는데 다른 마약류는 처음 봤다. 트래킹할 때 지친 몸 때문에 포터나 가이드들이 간혹 마리화나를 권한다는 이야기는 들었는데 기도하던 할머니에게서 마약을 권유받을 줄은 상상도 못했다. 내가 거절하니 할머니는 이내 다시 옴마니반메훔을 외우기 시작했다. 영어를 못 하셔서 대화를 나누지 못해 아쉬웠다.

간절히 옴마니반메훔을 외우면서 할머니는 무얼 떠올렸을까? 무엇을 위해, 누구를 위해서 그렇게 주문을 외우는 것일까?

강진곰파 가는 길

020

포기

/

강진곰파에 도착한 다음 날 아침, 식사가 끝나고 먹거리를 주섬주섬 챙겨 길을 나섰다. 랑탕 지역에서는 강진곰파가 가장 높이 위치한 마을인데 대부분 이곳에 도착한 후 체르고리(약 5,000m)라는 산 정상에 오른다.

체르고리에 가까워질수록 산길이 가파르고 눈으로 많이 덮여 있었다. 조르지아는 로지에 남아 쉬고 사이먼은 가이드와 함께 출발했는데 걸음이 빨라서 이제는 보이지도 않았다.

가파른 길을 차분히 걷고 또 걸었지만 꽤나 두려웠다. 지끈지끈 두통이 잦더니 마침내 머리가 깨질 것만 같았다.

"기란, 얼마나 남았어요?"

"지금 한 4,800m 되는데 한두 시간 더 걸려요."

얼마 남지 않았건만 고민고민하다가 결국 그만 포기하고 내려 가기로 했다. 더 이상 산을 오르려고 애썼다가는 내 몸이 남아나 지 않을 것 같아서 눈앞에 보이는 고지를 마음에만 담아둔 채 반 대로 내려갔다.

혹시나 더 올라갔다가는 내 몸이 어떻게 될 것만 같았다. 지진 때문에 보험 가입은 불가능했고 산에서 헬기를 부르면 지역에 따라 약 250~700만원이 든다.

몸만 건강하면 또 올 수 있다.
포기는 부끄러운 게 아니라 전진을 위한 후퇴다.

나폴레옹은 "내 사전에 포기란 없다" 말했고
소크라테스는 "너 자신을 알라"고 했다.

021

환경 VS 유전

산을 잘 타지는 못해도 지구력은 자신 있는데 네팔 사람들과 난 비교도 되지 않는다. 의자에 앉아 있는 시간이 길어지면서 운동하는 시간도 자연히 줄었다. 회사에 다니기 시작하고 한 살 한 살 더 먹다 보면 아무래도 체력은 계속해서 저하되기만 할 것 같다.

네팔 사람들은 힘든 기색 하나 없이 그냥 평지를 걷는 것처럼 산을 오르락내리락한다. 어린아이부터 중년 여성까지 다들 산을 날아다닌다. 그들 편에서 보면 산을 오르는 게 아니라 그저 이 동네에서 저 동네로 산책 나가는 정도다. 숙련된 포터는 짐을 30kg까지 들고 산을 오를 수 있다는데 나는 보조가방만 들고 올라도 금방 숨이 차곤 했다.

다섯 살 정도로 보이는 남자아이가 커다란 물통을 지고 내 옆을 지나갔다.

역시 조기교육이 중요해.
아니 환경이 중요해.

강진곰파, 야크

티벳

1950년 중국 공산당이 티벳을 침략하면서 많은 사람들이 네팔로 피난을 왔다. 그래서 랑탕 지역에는 피난 와서 살고 있는 티벳 사람들이 많다. 그들은 트래커들의 숙소인 로지를 운영하고 수공예품을 만들어 팔면서 먹고산다. 그렇기 때문에 이곳 지역에서는 '티벳'이라 쓰여 있는 간판을 자주 볼 수 있다.

나라 잃은 슬픔. 민족이 갈라진 것만도 서러운데 내가 살던 땅이 다른 나라의 땅이 된다면…… 그 심정이야 아마 직접 겪어보지 않으면 절대 알 수 없을 것이다. 나라의 독립을 위해 애쓰고 목숨까지 바친 조상들 덕분에 지금 이처럼 자유롭게 여행을 할 수 있음에 감사드린다.

#023

Three Go

/

나쁜 말은 듣지 않고
나쁜 말은 하지 않고
나쁜 것은 보지 않고

밤부

개척자

해발고도 8,000m를 넘는 봉이 14개이며 세계에서 가장 높은 봉우리인 에베레스트가 있는 히말라야 산맥. 1953년 뉴질랜드 출신 에드먼드 힐러리 경이 처음으로 에베레스트를 정복한 후에도 수많은 사람들이 에베레스트와 8,000m가 넘는 높은 고도의 13개 봉을 올랐고 지금도 끊임없이 누군가는 히말라야 봉우리에 오르는 꿈을 꾸고 있다.

최초라는 타이틀이 아니어도 사람들은 산을 오르기 위해 도전하고 또 그 산을 보기 위해 나처럼 트래킹을 한다. 어차피 내려올 텐데 왜 굳이 올라가는지 이해하지 못하겠다고 말하는 사람들도 있다. 하지만 인생도 그와 같지 않은가. 탄생이 있으면 죽음이 있듯이 어떤 관점에서는 삶이 너무나 헛되고 의미 없을 수도 있다.

하지만 모두가 각자의 인생에 가치와 의미를 부여하고 사는 것과 마찬가지로 산을 오르는 사람들도 저마다의 열정을 가지고 길을 걷는다. 누군가는 그냥 산이 좋아서, 또 누군가는 성취감을 이루고자, 또 누군가는 그저 호기심에. 산을 거의 다 내려왔을 때쯤 밤부에서 한 청년을 만났다. 비수기라 사람도 거의 없는 터에 그 청년이 홀로 산을 오르는 이유가 궁금했다.

"Hola Que tal?"

스페인 순례길을 걸으며 듣고 익혔던 스페인어가 히말라야에서 쓸모가 있을 줄이야! 칠레에서 온 이 청년은 산을 사랑하고 도전을 즐기는 사나이였다. 그는 일반적인 트래킹 길을 가는 것이 아니라 자신만의 루트를 개척하기 위해 산을 오른다고 말했다. 그리고 랑탕 지역에서만 한 달 동안 산다고 한다. 새삼 그 청년이 대단하게 느껴졌다. 에베레스트를 오르는 것은 아니지만 산이 얼마나 좋으면 자신만의 트래킹 길을 찾아보겠다며 나섰을지······.

히말라야 8,000m 이상 14좌는 이미 정복되었지만 다들 각자만의 이유와 의미를 가지고 산에 오르고 있다. 다른 이가 가지 않은 길을 걸어도 되고 굳이 다른 특별한 이유가 없어도 괜찮다. 각기 나만의 가치를 지니고 있다면.

025

생활기록부

/

자주 다른 이의 꿈을 물어보곤 한다. 다른 사람은 어떤 꿈과 가치관을 가지고 삶을 살아가는지 궁금해서.

랑탕 트래킹이 거의 끝나갈 무렵 이십대 초반의 두 친구를 만났다. 이야기를 들어보니 네팔도 청년실업이 심하고 임금도 높지 않아 그들 나름대로 고충이 있었다.

어떤 삶을 살고 싶은지, 핀조라는 친구에게 물어봤다.

"What's your dream? Brother?"
"To make my parents happy and make my village so beautiful."

귀국 후 내 어릴 적 생활기록부를 뒤져봤다. 성적, 그리고 담임 선생님이 바라본 나의 성격 등은 적혀 있었지만 꿈은 적혀 있지 않았다.

초등학교 때 생활기록부를 보면 내가 원하는 직업과 부모님이 원하는 직업이 학년별로 쓰여 있다.

어떻게 살고 싶은지는 한 번도 물어보는 법 없이.

사브로베시

두 번째 걸음

—

치트완 국립공원

#001

숙소

/

트래킹이 끝난 후 사브로베시에서 카트만두로 돌아가는 버스를 탔다. 올 때와 마찬가지로 카트만두까지는 여덟 시간이 넘게 걸린다. 지난번 첫 해외 자유여행을 할 때 네덜란드 암스테르담에서 스페인 바르셀로나까지 24시간 동안 버스로 이동해본 경험이 있은 후부터는 이제 웬만한 시간쯤은 잘 참아낸다.

별 탈 없이 트래킹을 마친 데 대해 나 스스로에게도 뿌듯하고 건강한 몸을 주신 부모님께도 감사한 마음이 들었다. 함께 걸어준 기란에게도 고마웠다. 더불어 산에 둥지를 튼 사람들이 평화롭게 살 수 있도록 더 이상 자연재해가 일어나지 않기를 다시 한 번 바랐다.

카트만두 시티 호텔에 도착하여 기란과 작별인사를 했다. 호텔은 여행사 사장인 쉬쉬르가 운영하는 곳이었다. 여행을 할 때 게스트하우스나 호스텔을 주로 선호하는 편이지만 이번 여행에서 첫 숙소는 호텔로 정했다. 여행사에서 픽업을 나온다는 점도 이로웠고 10달러라는 저렴한 가격에 부담도 적었다. 거기다 한국에서 가져온 학용품 두 박스를 맡아주기까지 했으니.

지난번에는 2층에 묵었는데 이번에는 카운터에서 4층 열쇠를 받았다. 비수기라 2, 3층이 꽉 차지는 않았을 텐데 높은 층수의 방을 주어서 약간 짜증이 났다. 15kg에 가까운 배낭을 짊어지고서 계단을 오르려니 힘이 빠졌다. 그런데 막상 방에 들어가보니 침대가 두 개나 있고 방 또한 훨씬 넓었다. 혼잔데 왜 침대가 두 개인 방을 준 건지, 더 비싼 방이 분명했다. 뭔가 잘못됐다. 가격이 두 배는 아닐지 불안한 마음에 가방을 들여놓자마자 얼른 다시 카운터로 내려가서 물어보았다.

"전에 묵었던 방보다 훨씬 큰데 키를 잘못 주신 거 같아요."

"아니에요, 쉬쉬르 사장님이 손님께 잘해드리라고 하셨거든요. 원래 20달러인데 10달러에 묵게 해드리라고요."

기란이 사장님께 말을 잘해주었는지, 아니면 그냥 사장님이 베푼 친절인지, 이유야 어떻든 넓은 방에서 호사를 누리게 됐다.

치트완 소라하 마을

002

문화재

/

　국보가 불에 타서 사라졌다고 한다면, 복원 공사 후 이 국보는 과연 이전과 같은 가치를 지닐까? 2008년 2월 10일과 11일 이틀에 걸쳐 대한민국 국보 제1호인 남대문(숭례문)이 불에 탔다. 처음에는 전기시설 누전 등의 사고라고 보도되었으나 후에 육십대 노인이 방화범으로 붙잡혔다. 숭례문 화재로 인해서 국민들은 국보에 더 관심을 갖게 되었고 언론에서는 부실한 숭례문 관리체계와 화재를 막지 못한 이유에 대해 기사를 쏟아냈다. 숭례문의 주요 부분들이 불탔기 때문에 원형 그대로의 복원은 불가능했으나 5월부터 고증 연구와 연구 용역을 통해서 복원사업이 시작되었고, 이후 복구가 완료되기까지 3년여의 시간이 걸렸다. 국민들의 관심과 참여도 뜨거웠는데 150명이 복구작업에 필요한 가장 중요한 재료인 소나무 기증 의사를 밝히기도 했다.

산책을 하며 골목 이곳저곳을 걷다가 더르바르 광장에 도착했다. 더르바르 광장은 유네스코가 지정한 세계문화유산이며 카트만두에 있는 3개의 왕궁광장 중 하나로, 12세기에 건설이 시작되어 19세기경 라마교 통치자들이 완성시켰다. 왕궁광장답게 그곳에는 사람들이 정말 많았다. 특히 가판대를 펼쳐놓고 불교 관련 용품을 파는 상인들이 많았고 네팔 현지인 관광객들도 여기저기서 사진촬영을 하고 있었다. 입장료는 현지인은 200루피, 외국인 관광객은 1,000루피인데 수익금 모두 문화재 복구에 쓰인다고 적혀 있었다. 더르바르 광장 탑과 사원 일부가 지진 때문에 무너졌는데 아직도 복구작업이 이루어지고 있었다. 일부는 아직 복구를 시작도 못 한 채 무너져 내린 상태 그대로였다.

언젠가 복구작업이 완료되면 이전과 비슷한 모양을 갖추게 될 것이다. 한번 무너져 내린 이상 물리적으로 이전과 완전히 같다고는 할 수 없겠으나 그 문화재가 지닌 역사와 가치, 사람들의 숨결과 함께해온 시간은 변함이 없을 것이다.

003

맛집

/

여행할 때 꼭 가보는 곳은 그 나라의 대형마트다. 어떤 종류의 물건을 파는지, 그 나라의 특산품이나 음식들은 어떤지 눈여겨볼 수 있는 곳이기 때문이다. 그뿐만 아니라 가격이 일반 가게보다 싸기 때문에 대형마트는 아직 대학생 신분의 여행객인 나에게는 참 중요한 곳이기도 하다.

음식점에서 제대로 밥을 먹기보다는 주로 값싼 빵이나 과자로 식사를 대신해가며 비용을 아끼곤 했다. 네팔 카트만두에도 대형 마트가 있는데 중심지에서는 꽤 떨어진 곳에 위치했다. 립밤과 수분크림으로 유명한 한 회사 제품이 카트만두 대형마트에서 꽤 저렴한 가격에 팔린다고 하여 귀국하려면 아직 멀었지만 기념품 으로 사갈까 하고 사전조사 겸 마트로 향했다.

　타멜 거리에서 도보로 30분 정도 걸리는 마트를 향해 또 골목 골목을 걷기 시작하다가 우연히 한 음식점을 발견했다. 궁금하기도 해서 가게 앞에 놓여 있는 메뉴판을 보니 가격이 너무나 저렴한 것이었다. 대부분의 메뉴가 200루피, 한화로 2,000원도 안 됐다. 특히 네팔 만두인 모모는 100루피로 한화 1,000원 정도밖에 되지 않는 것을 보고 바로 가게로 들어갔다. 아침을 든든하게 먹어 배가 많이 고프지는 않았지만 가격이 호기심을 자극했다.

　버팔로, 야채 그리고 튀기거나 삶은 모모 중에 선택이 가능했다. 정말 단돈 100루피였다. 양도 푸짐했으며 금방 튀겨내서 바삭바삭하니 씹는 맛이 일품이었다. 저렴한 가격에 맛까지 좋아서 닭고기 메뉴를 하나 더 시켰다. 이런 가게가 왜 손님은 한 테이블밖에 없고 널리 알려지지도 않았을까 생각해보니 위치가 너무 안 좋았다. 하지만 관광객들은 못 찾아오더라도 지역 사람들에게는 사랑받는 음식점이 아닐까 싶었다.

네팔 만두 모모(momo)

몇 해 전 하계 인도네시아 건축 봉사팀에서 함께 봉사한 선규형, 태훈이와 공주, 부여를 여행한 적이 있었다. 공주에 도착한 우리는 우선 맛집이라고 하는 어느 한 식당을 찾았다. 낡고 허름한 그 음식점은 짬뽕으로 유명한 집이었는데 주말에는 영업을 하지 않고 평일도 오후 3시까지만 문을 열었다. 주차장조차 정비가 잘 되어 있지 않고 허름한데도 정말 유명한 집인지 사람들이 길게 줄을 늘어서 있었다. 나와 태훈이는 50여 분이 지난 후에야 식당 안으로 들어가 짬뽕을 먹을 수 있었다. 가격은 일반 짬뽕보다는 약간 비쌌고 맛은 그럭저럭 괜찮았다.

　　여행을 마치고 한두 달이 지났을 무렵, TV에서 한참 MSG와 소금에 대한 얘기를 하고 있는데 우리가 들렀던 짬뽕가게에서 일하는 분이 인터뷰하는 장면이 나왔다. 짬뽕에 나트륨함량이 1일 권장량을 훌쩍 넘을 정도로 많이 들어 있다는 내용이었다.

　　"맛있는 짬뽕 만드는 비결이 뭔가요? 나트륨 함량이 높은데."
　　"잘 몰라서 소금을 많이 넣었습니다."

　　포르투갈 순례길을 걷기 시작할 때 포르투에서 유명한 맛집을 찾은 적이 있었다. 프란세지나Francesina는 내장파괴버거라는 별명을 가진 전통음식인데 겉은 치즈와 계란으로 빵을 덮고 있고 빵 안에는 스테이크와 고기, 햄이 들어 있다.

이곳도 발 디딜 틈 없이 손님이 많았고 종업원도 정말 많은 맛집이었다. 가격은 음료수까지 11.5유로로 저렴하지는 않았지만 색다른 음식이었던 데다 맛도 좋아서 꽤나 만족스러웠다.

다음 날 포르투를 떠나기 전 맛있는 점심식사를 하고 싶어서 음식점을 찾다가 어떤 문구를 보고 한 곳으로 들어갔다. 프란세지냐를 또 한 번 먹어보기로 했는데 전날 갔던 맛집 가격의 반값이 적혀 있어서 궁금했다. 유명한 맛집과 다른 일반 음식점이 과연 얼마나 차이가 있을까 싶어 다시 한 번 같은 음식을 주문했는데 실제 먹어보니 큰 차이는 없었다.

유명하지 않은 집이 오히려 공간도 더 쾌적하고 야외 테이블까지 있어서 더 운치 있었다. 그리고 마침 길거리에서 악기 연주를 하며 공연하는 사람이 있어 분위기도 좋았다. 전날 갔던 프란세지냐 맛집이 역사가 깊고 위치가 좋다거나 종업원들이 친절하다거나 등등 나름의 이유가 있기 때문에 유명해졌겠지만 꼭 비싸다고 해서, 또 맛있다고만 해서 맛집은 아니라는 것을 여행을 통해 깨달았다. 그리고 어떤 음식이든 맛있게 먹을 수 있는 비법이라고 한다면, 좋은 사람과 함께하는 것이라는 점도.

004

친구

/

파슈파티나트 사원으로 향하던 중 해가 지기 시작하여 다음 날을 기약하고 다시 숙소가 있는 타멜 거리로 발걸음을 옮겼다. 일정이 빡빡하지 않으니 시간적으로 여유가 있어 마음이 편하다.

핸드폰 어플리케이션 지도를 보면서 이 골목 저 골목을 걷다가 구슬치기하는 아이들을 마주쳤다. 아이들이 모여 노는 모습을 보니 어릴 적 추억이 새록새록 떠올라 잠시 구경을 하다가 사진을 찍어도 되겠냐고 조심스럽게 물어보았다. 아이들은 신이 나서 좋다고 했다. DSLR 카메라로 사진을 찍어 보여줬더니 더욱 신나 하길래 셀카도 찍으며 함께 어울렸다. 네팔 교육과정이나 교과목이 어떤지는 잘 모르겠으나 여태껏 마주친 사람들은 대부분 영어를 잘 구사했는데 아이들도 역시나 다들 영어를 꽤 잘했다.

네팔, 카트만두 한 골목길에서

"매일 여기에서 노니?"
"네. 학교 수업 끝나면 같은 동네 아이들끼리 모여서 놀아요."
"혹시 페이스북 같은 거 하니? 내일 5시 30분쯤 다시 올게."

초롱초롱한 아이들의 눈은 때 묻지 않은 모습이었고 웃는 얼
굴이 다들 행복해 보였다. 낯선 이방인인 나를 스스럼없이 대해
주는 모습에 나도 절로 미소가 지어졌다.

다음 날, 호텔에서 학용품 한 박스를 종이가방에 나누어 담아 가지고 택시를 탔다. 구글맵스에 표시해둔 덕에 어제 아이들 만난 곳을 금방 찾을 수 있었다. 아이들과 인사를 나누고 한국에서 모아온 노트와 연필을 한 명 한 명 나눠준 뒤 승연이 형이 선사한 축구공 4개 중 3개를 아이들에게 건넸다.

희한한 광경이라도 보듯 동네 주민들이 점차 모여들더니 너도 나도 자기 자식들에게 주고 싶다며 학용품을 달라고 했다. 손에 노트와 연필을 쥐고 신이 나서 방방 뛰는 아이들도 있었고 노트와 연필을 더 받고 싶어하는 아이들도 있었다.

마음만큼은 더 많이 다 주고 싶었지만 어쩔 수 없었다. 다음을 기약하는 수밖에…… 아이들이 저마다 잘하는 것, 하고 싶은 것을 찾아 개발해 국가발전에 기여하고 또 누군가에게 도움 주는 사람이 되었으면 좋겠다.

"왜 다들 여기 몰려 있는 거야?"
"어떤 중국 사람이 학용품을 가지고 왔는데 우리 동네 사람들에게 무료로 나눠주고 있어요."

"중국 사람 아니에요. I'm Korean. I'm from Korea."

#005

교육

/

교육이란 무엇일까? 교육의 사전적 의미는 인간이 삶을 영위하는 데 필요한 모든 행위를 가르치고 배우는 과정이며 수단이다. 어떻게 살아가야 하는지에 대한 방법을 배우는 과정이고 수단이지, 단순히 좋은 학교에 진학하고 돈을 많이 벌기 위한 것만이 교육의 목적은 아니라는 것이다.

성인으로 넘어가는 스무 살 무렵이면 초중고 교육과정을 무려 12년 동안 거치는 것임에도 불구하고 인생을 어떻게 꾸려나가야 할지 모르는 학생들이 태반이다. 국영수 위주의 학습에 나머지 과목들은 등한시한 채 학교에서는 점수로 학생들을 줄 세우고 좋은 대학을 보내는 데만 급급할 뿐 정작 그들이 어떻게 살아가야 하는지에 대해선 제대로 가르치지 않는다.

자신이 좋아하는 것이 진정 무엇인지, 어떤 가치관을 가지고 살아가야 할지는 각자 스스로 알아가야 한다.

참된 교육이라면 학생들로 하여금 다양한 경험을 쌓도록 기회를 제공해주어야 하지 않을까? 직접 체험을 통해 자신이 좋아하는 것과 잘하는 것을 발견하게 하고 한 번뿐인 인생에서 어떤 가치관을 중요시하며 살아가야 할 것인지 방향성을 제시해주어야 하지 않을까? 책상 앞에 앉아 책을 달달 외우고 시험에서 좋은 점수를 받는 것만이 공부를 잘하는 것이 아니라, 각자 관심과 흥미가 있는 분야를 택해 지속적으로 발전시켜나가는 것, 그게 바로 공부가 아닐까?

많은 사람들이 자신이 좋아하는 것이 무엇인지, 또 무엇을 잘하는지 모르고서 그것을 내면에 담아두기만 한 채로 살아가고 있다.

축구공도 차봐야 축구를 잘하는지 알 수 있고, 건반도 두드려봐야 피아노에 소질이 있는지 어떤지 알 수 있다. 또 여행을 떠나보지 않고선 내가 여행을 좋아하는지 싫어하는지조차 모른다. 어떤 스타일의 여행을 좋아하는지 직접 가보고 체험해야 한다.

#006

시장

/

사람 냄새.

편입시험을 준비할 때 외롭거나 힘들 때면 골목시장에 가서 길을 쭉 한번 걸으며 다시 힘을 내곤 했다. 치열하게 삶을 살아가며 자식들 뒷바라지를 위해 생선을 파는 아주머니도 계시고 과일가게며 정육점, 분식집들이 늘어서 있기도 하다.

시장 사람들은 손님이 없을 땐 깔끔하게 가게 청소를 하거나 옆 가게에 놀러가기도 하고 끼니때가 되면 옹기종기 모여 앉아 식사를 하고, 밤에는 막걸리 한 사발에 윷놀이를 하기도 한다. 관광객들로 바글바글한 유명 박물관이나 건축물보다는 현지인들의 삶과 숨결을 느낄 수 있는 시장이 그래서 더 친근하고 좋다.

그들은 어떤 삶을 사는지, 어떤 옷을 입고 어떤 음식을 먹고 또 어떻게 그들만의 장을 꾸려나가는지 궁금하다. 그런 궁금증을 풀수 있는 곳이 바로 시장이다. 그곳에서 사람들은 서로의 근황과 안부를 물으며 교감하고, 친절한 미소에 또 누군가의 얼굴이 밝아지기도 한다.

옛시절 우리나라의 시장도 이처럼 정감 어렸을지 상상해본다.

그렇게 걷고 또 걸으며 한 명 한 명 스치는 사람들의 모습을 살피다가 생소한 현지 음식을 사 먹어보기도 하고 아이스크림을 파는 청년에게서 아이스크림도 하나 산다. 솜사탕을 팔다 지쳐 쉬고 있는 아이들도 보였다.

정말 사람 냄새 난다.

파슈파트나스 사원 옆 시장

#007

페달

/

　몰랐습니다. 아버지는 온 힘을 다해서 가족이라는 바퀴를 돌리고 있었습니다. 그 덕분에 온 가족이 굴러갔죠. 어렸을 때 나는 하나도 몰랐습니다.

　1960년대 아버지는 먹고살기 위해 열세 살 때부터 공장에서 일을 하셨습니다. 고등학생이 되어서는 낮에는 일을 하고 밤에는 야간 고등학교를 다니셨습니다. 세월이 흐른 뒤 큰아버지들이 결혼을 하자 아버지에게도 조카가 생겼습니다.

　잘못된 행동이지만 당시에 먹을 게 너무 없어서 조카를 데리고 모르는 사람 결혼식에 들어가 같이 밥을 먹었습니다. 지금이라면 불가능한 일이죠.

파탄 더르바르 광장

성실할뿐더러 남에게 받기보다는 늘 베푸는 성향을 가진 아버지 덕에 사랑받고 자란 나는 집에서 밥을 굶지 않았습니다. 물론 나와 같은 또래는 고도성장이 끝난 세대라 현재 청년취업, 세대갈등, 남녀갈등 문제뿐 아니라 세계 경제성장의 둔화 등 국제적 문제 속에 복잡한 세상을 살고 있지만 부모님 시대는 또 그 시대만의 고충과 사회문제가 있었겠죠.

아직 가정을 꾸려본 경험이 없어서 그 마음 다 헤아릴 수 없겠으나 한 살 한 살 나이를 먹어가다 보니 아버지 당신이 그간 얼마나 힘써 페달을 돌리셨는지 이제야 조금이나마 알 것 같습니다.

#008
꿈
/

어린아이부터 어른까지 네팔에서 만난 많은 사람들에게 꿈이
무엇인지 물어보았다.

"프로 가이드."
"특별한 꿈은 없어요."
"평화."
"사업가."
"부모님을 행복하게 만들어주기 그리고 내가 사는 마을을 행
복하게 만들기."

나에게 묻는다면,
"세상에 긍정적인 영향을 미치는 청년이 되는 것."

009

엄마

/

"별일 없지?"

"지금 뭐해?"

동생 핸드폰 번호로 카카오톡 메시지가 떴다. 한국 시간으로
12시가 넘은 새벽. 엄마가 문자를 보내셨다. 부모님은 아직까지
도 스마트폰을 사용하지 않고 계신데 동생이 집에 있을 때를 틈
타 엄마는 동생 핸드폰으로 나에게 연락을 하시곤 했다.

아들이 취업 준비는 안 하고 히말라야에 간다고 하니 기가 차실
만도 한데 별로 반대하지 않으셨다. 오히려 막상 떠나고 나니 돈은
부족하지 않은지 염려해주시고 산에 올라갈 때는 꼭 선크림을 바
르라든가 꼭 많이 배워서 오라는 등 충고도 아끼지 않으셨다.

새벽에 동생 핸드폰으로 문자를 보내는 엄마가 애틋했던 한편
으로 여권조차 없는 엄마에게 미안한 마음이 들었다. 골목길에서
네팔 아이들을 만나고 난 뒤라 그랬는지 엄마와 연락이 닿자 내
어린 시절이 떠올랐다.

"엄마, 나 여덟 살 때 피아노 사줬잖아. 그때 한 달에 얼마 벌었
어?"

"한 30만원 벌었나? 근데 그건 왜?"

"그 당시도 200만원은 했을 텐데 그렇게 비싼 걸 왜 사줬어?"

여느 집과 다르지 않게 나도 아버지 어머니가 열심히 일해서
벌어 아끼고 아낀 돈으로 학원에 다녔다. 그리고 초등학교 6학년
때쯤부터 교회에서 반주를 시작했지만 피아노 학원은 이내 그만
두게 되었다. 학원을 그만둔 것이 일생일대의 후회로 남을 줄 그
때는 알지 못했다. 그때는 중학교 진학 즈음 학원을 그만두는 경
우가 대부분이었다. 대학교 진학 때 전공으로 삼을 게 아니라면
말이다. 중학교 올라가면 공부에 집중해야 해서 예체능에 할애할
시간이 없다는 이유로.

"피아노 얼마나 배웠어?"

"초등학교 6학년 때까지 배웠어."

"나도, 나도. 체르니 50까지 쳤었는데 지금은 하나도 못 쳐."

이렇게 말하는 사람들 중 대부분은 나처럼 어렸을 때 피아노 학원을 다닌 이들이다. 대회에서 상을 탄 경험이 있거나 나보다 더 오랫동안 배운 이들도 많은데 지금은 피아노를 못 치는 경우가 허다하다. 내가 그들보다 음악적 감각이 뛰어나다거나 피아노를 잘 친다는 얘기가 아니다. 지속적으로 피아노를 쳐왔다는 게 다를 뿐이다. 다만 한 가지, 중학생이 되면 피아노 칠 시간도 없고 국영수와 내신 점수를 잘 관리하지 못하면 큰일이라도 날 줄 알았던 그때의 내가 조금은 야속하다. 주요 과목을 공부하고 좋은 대학을 가는 것도 인생에서 정말 중요하지만 좋은 취미를 가지는 것만큼 다른 중요한 것들도 참 많다는 것을 그때는 알지 못했다.

엄마는 나를 교회 반주자로 키우기 위해서 피아노 학원을 보냈던 걸까, 아니면 그저 아들에게 배움의 기회를 주고 싶었던 것일까. 당시에 아르바이트로 월 30만원을 벌던 엄마는 아빠가 주시는 생활비로도 살림이 빠듯했을 텐데 어째서 200만원이나 하는 피아노를 사준 것일까? 엄마의 답변에 나는 목이 메었다.

"너 체르니 배우기 시작해서 샀지."

#010

거절

/

카트만두 타멜 거리는 항상 사람들로 붐볐다. 길 양옆으로는 여행사를 비롯하여 옷, 신발, 아웃도어 용품 및 네팔 특산품인 꿀이나 기념품을 파는 가게들이 있었고 길가에는 홍차나 과일 그리고 닭, 버팔로, 돼지고기 꼬치 등 각종 음식을 파는 노점상이 즐비했다.

골목길에서도 택시기사들이 영업을 하고 있고 자전거 릭샤 운전사들도 손님을 태우기 위해 애쓰고 있다. 한 명이라도 더 태우기 위해, 과일 하나라도 더 팔기 위해, 그들은 내가 옆을 지나칠 때마다 하나같이 헬로우, 하이부터 곤니치와, 니하오를 외친다. 그러다 간혹은 '안녕하세요'라는 인사말을 듣기도 한다.

어느 날 타멜 거리를 걷다가 한 노점상이 인사를 하길래 나도 따라 인사를 하고 돌아서서 가던 길을 계속 가는데 문득 하나의 물건을 팔기 위해, 또 한 명의 손님을 태우기 위해 이들은 얼마나 많은 거절을 당할까? 하는 생각이 들었다.

속마음이야 어떨지 모르겠지만 그들은 지나가는 이들에게 웃는 얼굴로 인사를 건네고, 하나라도 더 팔기 위해서 말을 건네고, 사람들이 그냥 지나쳐 가도 미소를 잃지 않은 채 또 다른 사람에게 끊임없이 인사를 건네고 있었다.

원하는 대학에 가기 위해, 좋아하는 이성에게 다가가기 위해, 일하고 싶은 직장에 들어가기 위해, 지금까지 수많은 거절을 당해왔다. 낙담하거나 좌절하지 말고 다시 용기 내어 나를 가꾸고 또 웃으면서 인사를 건네야겠다, 그들처럼.

거절당했다고 포기하거나 절망하지 말고 성공을 위한 발판을 하나씩하나씩 밟아나가자.

여행이란 우리가 사는 장소를 바꾸어주는 것이 아니라,
우리의 생각과 편견을 바꿔주는 것이다.

- 아나톨 -

세 번째 걸음

—

포카라 ABC 트래킹

#001

치트완

포카라로 이동하여 ABC(안나푸르나 베이스캠프) 트래킹을 하기 전 치트완 국립공원으로 가기 위해 카트만두 타멜 거리에 있는 여행사 몇 곳을 찾아갔다. 트래킹을 연속으로 두 번 하기엔 지루하고 체력도 보충할 겸 두 번째 목적지는 치트완으로 정했다. 유네스코 지정 세계문화유산인 치트완 국립공원에는 벵갈호랑이, 인도코뿔소, 악어, 원숭이 등 야생동물과 400여 종이 넘는 조류가 서식한다.

카트만두 여행사를 통해 치트완 국립공원 투어를 하면 편하게 갈 수 있지만 비용이 조금 더 비쌌다. 그래서 고민 끝에 조금 불편해도 치트완에서 직접 숙소와 가이드를 찾아보기로 하고 한식당을 운영하는 길리안 사장님께 부탁해 치트완까지 가는 버스표를 구입했다.

다음 날 아침 7시 30분, 버스 안에는 나와 같은 배낭 여행자도 있었고 단체 여행객들도 있었다. 12시쯤 휴게소에서 점심을 먹고 오후 늦게 치트완에 도착했다. 아니, 도착한 줄 알았는데 국립공원이 아니었다. 어쩐지 버스 운전기사가 정말 여기서 내릴 거냐고 물어보더라니.

길가에서 네팔 사람에게 물었더니 치트완은 맞는데 국립공원은 더 가야 한다며 얼른 저 앞에 시내버스를 타라고 말해주었다. 황급히 시내버스에 올라 버스 차장에게 물어보니 국립공원에 가려면 소라하로 가야 하는데 10분쯤 후 내려서 5km 정도 걸어가거나 툭툭이(오토바이)를 타고 가라고 했다.

시내버스에서 내려 길가에 대기하고 있던 툭툭이를 탔다. 툭툭이 기사에게 혹시 아는 숙소가 있는지 물어봤더니 어느 한 곳으로 데려다주었다. 고생은 했지만 목적지에 무사히 도착해 기분이 좋아서 기사에게 팁을 주었더니 받은 돈을 숙소 주인에게 주는 것이었다. 알고 봤더니 그곳은 툭툭이 기사의 부모님이 운영하는 숙소였다.

돈 아끼려다가 하마터면 길을 잃고 돈도 더 쓸 뻔했는데 중간중간 네팔 사람들의 도움을 받아가며 어쨌든 목적지인 치트완까지 잘 도착했다.

비수기여서 이번에도 숙소의 손님은 나 혼자였다. 다른 숙소에는 사람들이 좀 있을지도 모르겠으나 그래봐야 많지는 않을 것 같았다. 여러 모로 아쉽긴 했지만 1박에 1,000루피이던 숙박비를 700루피까지 깎아서 꽤나 기분이 좋았다. 기기다 꽃과 풀과 나무로 둘러싸여 있는 곳이라 아름답고 방도 쾌적했다.

흥정은 별로 해본 적도 없고 잘 하지도 못하는 성격인데 지금 내 상황이 여행이 끝나면 돈 없는 취준생으로 돌아갈 수밖에 없는 처지인지라 그런 것도 서슴지 않게끔 되었다. 몸소 체험하며 배우는 경제학 수업이라고나 할까? 역시 환경이 사람을 만든다. 방에 배낭을 두고 이제는 가이드를 찾기 위해 길을 나선다.

가이드

/

사파리 투어를 하기 위해 여행사를 찾아다녔다. 인터넷에서
쇼핑을 할 때는 클릭 몇 번으로 최저가를 찾을 수 있었는데 여기
서는 발로 뛰어야 한다. 아날로그적인 그 느낌이 좋다.

가이드를 찾기 위해 숙소에서 소라하 마을로 나오자마자 밝고
에너지 넘치는 어떤 청년의 목소리에 이끌려 한 여행사로 들어섰
다. 한국에서 왔다고 하니 자기가 태권도 유단자라며 지갑 안에
있는 유단증을 보여주면서 자랑한다. 그런 그에게 내일 같이 국
립공원 투어를 가자고 하니 단숨에 OK를 외쳤다. 당연히 카트만
두 여행사보다 소라하 여행사에서 지불하는 비용이 꽤 저렴했다.
꿈이 프로 가이드라는 그의 말이 믿음직스럽기도 했다.

#003

과일가게

길을 걷다 과일가게가 신기하여 사진을 찍으려고 렌즈를 통해
상점을 바라보며 카메라 셔터를 누르려는데 가게 주인장이 엄지
를 추켜올리면서 활짝 미소 짓는 얼굴로 포즈를 취했다.

카메라는 보기만 해도 사람을 웃게 만드는 재주가 있다.

사진

사진은 사람을 함께하게 해
사진은 사람을 웃게 만들어
사진은 사람을 친해지게 해

사진은 사람에게 추억을 줘

사진은 사람에게 기쁨을 줘

치트완, 나라야니 강가에서

뒷모습

／

초등학교 3학년 때 아버지가 처음 사주신 자전거.

내가 아마 그때 저런 표정이었을까.

어릴 적이라 기억은 잘 나지 않지만 아버지는
늘 나를 목말 태우고 다니셨다고 한다.

아버지께 잘하라며 엄마가 하신 말씀.

치트완

호랑이

/

"치트완 국립공원에는 어떤 동물들이 살아요? 코끼리, 코뿔소
가 있다는 얘기는 들었어요."

"원숭이도 있고 코끼리도 있고 호랑이도 있어요."

"치트완은 네팔어로 호랑이를 뜻하는 '치트와'에서 유래됐어요."

진짜 호랑이가 있구나. 그런데 맞닥뜨리면 어쩌지? 직접 한번
보고 싶으면서도 만나면 물려 죽을까봐 안 마주쳤으면 했다.

"호랑이는 앞에서 공격하지 않아요. 마주쳤을 때 눈을 똑바로 쳐
다보면 도망갑니다. 이번 년도만 해도 다섯 마리를 마주쳤어요."

가이드의 말이 신기하면서도 막상 정말 마주치면 어쩌나 걱정이 이만저만이 아니었다. 이 때문에 정글 투어를 할 때 꼭 앞뒤로 가이드 두 명과 함께하게 된다.

"공격하면 어떻게 해요?"

"대부분 공격하지 않지만 사람을 먹는 호랑이가 있어요. 매년 네다섯 명 정도는 호랑이한테 물려 죽어요."

이야기를 듣고 나서야 살짝 후회되기도 했다. 가이드들은 운이 좋아서 이 일을 계속하고 있는 것일까? 죽음이 두렵지 않은지 물었더니 그저 먹고사는 일일 뿐이라고 담담하게 말한다. 정말이지 더더욱 호랑이와 마주치기 싫어졌다. 나는 오늘 한 번으로 끝이지만 매일 사파리에 오는 가이드들이 걱정돼서 또 물어봤다.

"사람을 먹는 호랑이를 만나면 도망치거나 나무에 오를 수 있어요?"

"시바신에게 기도해야죠. 기도할 시간도 없겠지만."

눈앞에서 호랑이를 직접 보는 기회는 흔치 않겠지.
하지만 제발제발 만나지 않기를.

소라하, 치트완

#007

바꿀 수 없는 것

/

사파리 투어를 신청했는데 아무것도 볼 수 없다면?
아침부터 날씨가 좋지 않았다.
심한 안개 때문에 아무것도 보이지 않았다.
시간이 지나고도 날씨가 좋아지지 않으면 어쩌지.
고민하다가 이내 마음을 놓았다.

내가 어찌할 수 없는 일이기에 굳이 기분 상할 필요가 없다.
내가 너무 반가워서 날씨 좋을 때 또 오라고 장난치나 보다.

배를 타고 국립공원으로 들어가니 날씨가 점점 맑아졌다.
살다 보면 나의 힘만으로는 어찌할 수 없는 일들이 있다.
그저 내가 할 수 있는 것들에 최선을 다하자.

008

코뿔소

전통카누 '둥가'를 타고 국립공원으로 발걸음을 내디뎠다. 우리 팀은 나, 러시아에서 온 청년 그리고 수딥이라는 젊은 가이드와 베테랑 가이드까지 총 4명이었다. 치트완 국립공원에서는 언제 어디서 코뿔소나 호랑이를 만날지 모르기 때문에 의무적으로 꼭 앞뒤로 두 명 이상의 가이드와 함께해야 한다.

아침 일정은 정글 사파리 투어로 약 3시간 동안 국립공원을 걷는 것이었다. 둥가를 같이 타고 왔던 유럽 관광객들이 앞서 걷고 있었는데 갑자기 다들 발걸음이 빨라졌다. 그들을 따라 걷다 보니 바로 코뿔소가 있었다. 야생 코뿔소를 보는 것도 처음인데 거기다 운 좋게도 멸종 위기라는 외뿔 코뿔소였다.

치트완 국립공원

동물개체수가 얼마나 되는지 알 수 없지만 하루 종일 사파리 투어를 해도 코뿔소를 만나지 못하는 경우가 더러 있다는데 시작부터 코뿔소를 보다니 운이 좋았다. 코뿔소는 새끼와 함께 있을 때는 보호 본능으로 신경이 날카로운데 혼자 있을 때는 공격적이지 않다고 한다. 멀리서 봤는데도 실로 크기가 어마어마했다. 외적으로 보기에는 꼭 육식동물 같은데 풀을 뜯어 먹느라 정신이 없었다. 몇 분 동안 풀을 뜯어 먹다가 인기척을 느꼈는지 쿵쾅거리며 빠른 걸음으로 도망갔다.

　다음에는 어떤 동물을 볼 수 있을지 가슴이 두근두근했다. 하지만 첫 끗발이 개 끗발이었는지 다른 동물 한 마리 못 보고 3시간 동안 숲속을 걸어다니기만 했다. 그렇긴 해도 가이드가 호랑이 발톱 자국이 있는 나무를 보면서 설명해줄 때는 제발 만나지 않기를 빌었다. 둥가를 타고 소라하 마을로 돌아와 점심을 먹으며 휴식을 취한 뒤 1시에 모여서 또다시 국립공원으로 이동했다.

　오후 시간에는 지프 사파리 투어를 신청했다. 지프 한 대에 운전사와 가이드 그리고 뒤에 관광객 9명이 타고 국립공원을 돌아다녔다. 몇 분 정도 지났을까 원숭이 가족들도 만나고 저 멀리 희미하게 사슴 같아 보이는 동물도 보였다. 그리고 다시 한 번 만난 코뿔소. 오전보다는 조금 더 가까이에서 볼 수 있었는데 나를 비롯해 모두들 사진 촬영에 여념이 없었다.

악어 부화장에서 잠깐 동안의 자유 시간을 가진 뒤 다시들 모여 지프에 올라탔다. 보고 싶었던 야생 코끼리는 마주치지 못했다. 그런데 실제로 어떤 경우에는 코끼리가 호랑이보다도 위험하다고 한다. 동물들에게는 피해가 되지 않을까 걱정하면서도 어떤 친구들을 만나게 될지 너무 설레서 지프 투어가 즐거웠다.

더 많은 동물들을 만나지 못한 것은 아쉬웠지만 야생의 체험은 큰 공부가 됐다. 다시 소라하 마을로 돌아가서는 잠시 숙소에서 휴식을 취하다가 저녁때 타루댄스를 보러 갔다. 치트완에는 타루족이라는 소수 민족이 살고 있다. 문명과 거리가 있지만 자신들만의 문화를 개척하고 그들만의 삶을 영위해가고 있는 모습을 볼 수 있었다. 음악과 춤사위를 감상하며 그들의 문화를 조금이나마 경험할 수 있었기에 즐거웠다.

네팔 하면 추운 히말라야만 떠올렸으나, 해발 60m의 고온다습한 저지대인 치트완과 국립공원 투어를 하면서 네팔의 다른 모습을 볼 수 있었다. 소중한 추억으로 남을 것이다. 치트완 국립공원에서 볼 수 있는 외뿔 코뿔소, 벵갈호랑이 등 많은 동물들이 멸종위기에 처해 있다. 생태계가 더 이상 파괴되지 않기를 바라고 또 바라본다.

009

동행

여태껏 네팔인이 운영하는 호텔, 로지, 리조트에서 숙박을 하
다가 포카라에서는 한인민박에 묵었다. 트래킹 비수기임에도 불
구하고 워낙 산을 오르는 사람들이 많기 때문에 동행을 구하고
자 일부러 한인민박을 선택했다. 소개를 받아 찾아간 민박집은
페와호수 바로 옆에 위치하고 있어 전망이 꽤 좋았다. 포카라는
카트만두만큼 도로가 복잡하거나 사람이 많지는 않았고, 페와호
수가 있어서 골목길로 차와 오토바이와 릭샤가 다니는 카트만두
타멜 거리보다 시원했다.

이틀 정도 쉬고 나서 동행을 구해 사흘째 ABC 트래킹을 시작
하기로 했다. 우선 방에 짐을 풀고 트래킹에 필요한 팀스와 퍼밋
을 만들기 위해 관광안내 센터로 향했다.

랑탕 트래킹을 할 때는 포터를 고용했기 때문에 그가 준비를 대신 해줬는데 이번 ABC 트래킹은 하나부터 열까지 혼자 다 준비해야 했다. 정보가 없어서 걱정도 됐지만 막상 인터넷 검색을 통해 알아보며 차근차근 직접 해나가다 보니 생각보다 그리 어렵지 않았다.

감사하게도 같은 한인민박에 묵고 있던 삼십대 중반 형 한 분이 ABC로 가신다고 해서 출발하는 날 함께 택시를 타고 가기로 했다. 나는 주로 혼자 여행하면서 숙소에서라든가 트래킹 도중 자연스럽게 사람들을 만나곤 했는데 이번 경우처럼 동행을 구한 것은 처음이었다. 우석이 형과는 택시를 타고 트래킹 시작 마을인 나야풀까지 가서 각자 산을 오르기로 했다. 아무래도 걸음 속도가 다를 테니 각자의 속도대로 산을 오르고 저녁에 또 같은 숙소에 묵게 되면 같이 밥을 먹기로 했다. 미리 팁스와 퍼밋을 만들었기 때문에 형에게 방법을 가르쳐주고 2,000루피가 드는 택시비를 반반씩 지불해서 경비를 아낄 수 있었다.

여행 중 인터넷 카페나 페이스북 페이지에서 동행을 찾는 사람들이 많이 늘어났는데 이제는 여행지에서 동행을 구할 수 있는 어플리케이션도 생겼다.

동행, 여행 중 누릴 수 있는 또 다른 재미가 아닐까?

포카라, 페와호수

#010

비움

결국엔 정말 중요한 것만 남는다.

랑탕은 네팔에서 첫 트래킹이었던 데다 사람도 별로 없어 포터와 함께 올랐지만 ABC는 비수기임에도 불구하고 워낙 트래커들이 많고 정보도 많아서 혼자 올라보기로 했다. 그냥 등산도 힘든데 온갖 짐이 들어 있는 배낭까지 메고 올라가야 하니 최대한 짐을 줄이는 게 관건이었다. 민박 사장님께 미리 부탁해두고 아웃도어 용품을 제외한 옷과 노트북을 보조가방에 넣어 창고에 가져다 놓았다. 그러고 나서 등산 아웃도어 상하의 두 벌, 모자, 등산스틱, 바람막이, 아이젠 등 트래킹에 정말 필요한 물품들과 마트에서 구입한 초콜릿을 가방에 넣으니 무게가 10kg 정도 되었다.

랑탕 트래킹 때는 포터가 가방을 들어주어서 나는 보조가방에 핸드폰 배터리, 카메라, 바람막이 정도만 넣어 산보하듯 다닐 수 있었는데 이번엔 내가 직접 배낭을 메고 올라가기로 했으니 고전이 예상됐다. 그런데 막상 배낭을 메고 산에 오르니, 힘들지 않다면 거짓말이지만 그런대로 오를 만했다. 중간중간 50분에서 한 시간 정도 걷다가 힘들면 가방을 내려놓고 주위를 둘러보고 산을 느끼면서 체력을 충전한 뒤 다시 또 길을 걷곤 했다.

가방에는 트래킹에 꼭 필요한 것들만 차곡차곡 쌓여 있었다.
삶에서 정말 중요한 순간에는 생존에 필요한 것들만 남는다.

길을 걷다 문득 이런 생각이 들었다. 인생을 살면서 여태 불필요한 짐들을 등에 지고 지내왔던 것은 아닌가 하는. 미움, 질투, 이기심, 두려움, 시기 등 필요하지 않은 것들을 메고 다녔으니 숨이 가쁠 만도 했다. 살면서 필요한 것들을 채우고 또 채우는 일도 중요하지만 반면에 필요 없는 것들을 비워낸다면 좀 더 활기차고 산뜻하게 가벼운 발걸음으로 앞을 향해 걸어나갈 수 있지 않을까?

#011

초콜릿

어렸을 적만 해도 아파트 이웃 주민들과 친근하게 인사하며 서로 정을 나누곤 했는데 요새는 같은 빌라에 사는 사람들끼리도 누가 누구인지, 누가 어디에 사는지조차 모른다. 이사하면 떡을 돌리곤 하던 모습도 이제 거의 보기 어려워졌다. 그러다 보니 이웃끼리 마주쳐도 인사하기가 어색해졌다. 어릴 때는 인사를 잘한다고 이웃 아저씨한테 칭찬을 받기도 했는데 이제는 이웃에게 인사하는 법을 잊은 것만 같다.

히말라야를 오르며 그런 아쉬움을 달랠 수 있었다. 랑탕 지역에 비해 안나푸르나 베이스캠프 트래킹 코스는 사람이 많아서 즐거웠다. 산을 오르는 사람들뿐만 아니라 내려가는 사람들도 많아서 자주 얼굴을 마주칠 수 있었다.

항상 그런 것은 아니었지만 대체로 서로 마주칠 때마다 처음 보는 사람들끼리도 '나마스테'라고 반갑게 인사를 주고받는 것이 그렇게 즐거울 수가 없었다. 가끔 한국 사람을 만날 때면 좋은 하루 보내시라고 서로 덕담 한마디씩 나누고 각자 갈 길을 가기도 했다. 촘롱을 지나치다가 한국인 아주머니 한 분을 만나 인사드리고 지나치려던 차였다.

"아이고 잠깐 쉬었다 가요."
"여기 초콜릿도 하나 드시고."
"오랜만에 한국 사람들 보니 반갑네. 같이 쉬었다 갑시다."
"초콜릿 감사합니다. 지금 하산하는 중이세요?"
"네. 등산 왔지요. 지금부터 밤부까지는 계단이 엄청 많으니까 에너지 충전하고 가세요."
"그럼 조심히 내려가시고요, 조언 고맙습니다."

아주머니가 베풀어주신 친절도, 초콜릿도 너무 감사해서 마음속으로 함박웃음을 웃으며 가뿐해진 발걸음으로 다시 길을 걷기 시작했다.

인사와 초콜릿의 공통점은 사람을 기분 좋게 만든다는 것.

촘롱

012

말

/

'감사합니다'라는 말 한마디가 누군가의 하루 기분을 결정하기도 한다.

가끔은 신기하게도 마음은 아름다운데 그 아름다움을 알아채지 못하고 잠깐의 뒤틀림 때문에 아름답지 못한 말을 내뱉곤 한다.

한번 내뱉은 말은 절대 되찾아올 수 없고, 그 말이 누군가의 마음속에 평생 동안 머물러 있기도 한다.

말의 힘은 강하다.

#013

Walk a Holic

인생이란 길을 걷고 또 걷습니다.
걷는 게 좋습니다.

오래전에 나는 걸으려고, 수십 번 수백 번 일어서려고 몸을 일으키고 또 일으키면서 넘어지고 또 넘어졌죠.

때로는 자갈길도 걷고 모래 길도, 흙길도, 큰 돌들이 널브러진 길도 걷고 또 걷습니다.

집 앞 백제고분도 석촌호수도 한강도 좋습니다. 어디든 걷다 보면 많은 사람들이 걷는 모습을 볼 수 있습니다.

바람과 구름과 자연을 벗 삼아서 걷다 보면 같이 걷던 근심걱정은 어느새 뒤처지고 새로운 친구들을 만납니다.

당신과 함께 걸었던 런던 구석구석 골목길과 템스강변도, 스페인 순례길에서 만난 친구들과 걷던 길도, 그리고 지금 내가 걷고 있는 이 길도 모두 소중합니다.

앞으로 또 어떤 길을 걷게 될까요?

어떤 친구들을 만나 함께 걷게 될지, 눈앞에 어떤 길이 펼쳐질지 상상하며 걷고 또 걷습니다.

#014

학사경고

세 번의 수능을 거친 뒤 입학한 학교에서 나는 두 번의 학사 경고를 받았다. 수학을 좋아해서 이과를 선택했는데 그 뒤로 수학 점수가 형편없어졌다. 어떤 진로나 전공을 선택할지 아무것도 모른 채 그저 이과라 이공계에 진학했더니 전혀 재미도 감동도 없었다.

그냥 수능 점수에 맞춰서 전기소방학부에 진학했는데 전기소방에는 관심이 하나도 안 가고 학교도 학과도 마음에 들지 않았다. 그래서 편입을 준비하기 시작했는데 이런 마음가짐 때문인지 학교는 나에게 학사경고를 내렸다. 나는 학점은행제로 학사학위를 취득하려고 자퇴했다.

랑탕 트래킹 때였다. 고산에 올라가면서 산소가 희박해지니 몸이 반응하기 시작했다. 가끔 머리가 아프고 심장박동이 빨라지거나 잠을 푹 잘 수 없는 등 고산증세가 나타났다. 막상 그런 증세가 일어나니 약간 겁이 나기도 했다.

네팔에 오기 전 100회째 헌혈을 못 할 뻔했는데 혈압이 높아져서였다. 취업 때문에 나도 모르게 스트레스를 받아서인지 몸무게가 서너 달 만에 7kg가 불어났다. 혈압이 높은 걸 알고 깜짝 놀라 곧바로 매일 밤 산책하고 러닝을 했더니 다행히 혈압이 다시 떨어져서 100번째 헌혈을 할 수 있었다.

고산지대에 한번 올라본 경험이 있어서 ABC 트래킹을 할 때는 적응이 됐는지 고산증세가 거의 없었다.

대형사고가 발생하기 전 그와 관련된 수많은 경미한 사고와 징후들이 반드시 존재한다는 하인리히의 법칙. 경고는 두렵고 무섭기도 하지만 또 하나의 약이 될 수 있다는 것을 알게 되었다.

#015
천천히 천천히

"Slowly Slowly"

산을 오르다 쉬고 있을 때면 반대편에서 내려오는 네팔 사람
들이 천천히 천천히 올라가라고 말해주곤 했다.

성격 급한 한국인들은 다른 나라를 여행할 때도 그 성격을 버
리지 못해 여유를 즐기지 못하고 빨리빨리 이동한다. 그래서 외
국인들이 가장 먼저 배우는 한국말도 '빨리빨리'다.

동남아시아에서 현지인들이 한국말을 잘한다 싶은 경우를 종
종 볼 수 있는데 '빨리빨리'를 자주 외쳐서 그렇다.

그래서인지 '천천히 천천히'라는 말을 들을 때 참 어색하다.

나도 천천히 걷고 쉬는 중에 산도 둘러보고 꽃향기도 맡으며
혼자 중얼거려본다.

"Slowly Slowly"

ABC 가는 길

#016

죽음

이상한 날이었다.

도반^{Dovan}에서 걷기 시작한 지 한 시간이 조금 넘어 히말라야 호텔에 도착할 때쯤 바람을 가로지르는 듯한 큰 소리가 들렸다. 가던 길을 멈추고 고개를 돌려 뒤를 돌아보니 멀리서 헬리콥터 한 대가 산 중턱으로 날아가고 있었다. 랑탕에서 트래킹할 때도 헬리콥터를 본 적이 있었는데 별다른 상황은 결코 아니었다. 랑탕에서 포터 친구에게 물어보니 가끔 만약의 사태에 대비하기 위해 헬기 조종사가 훈련을 한다고 했다.

하지만 이날, 그때와 다른 점이 있다면 시간이었다. 랑탕에서는 늦은 오후 시간에 헬기를 봤었는데 지금은 오전 10시도 안 됐다.

이 시간에 헬기 훈련이라니 뭔가 낌새가 이상했다. 찜찜한 느낌을 뒤로하고 다시 산을 오르기 시작했다. 다른 트래커들은 나보다 일찍 출발했는지 주변에는 나 말고 아무도 없었다.

히말라야 호텔에 도착하니 사람들이 꽤 많았다. 이른 시간임에도 불구하고 네팔 사람들이 많이 모여 있는 게 다른 마을과는 뭔가 다른 분위기였다. 아까 본 헬리콥터가 마을 중턱 위의 간이 헬기장에 있었고 열 명이 넘는 사람들이 무언가를 포대에 담아 헬기로 옮기고 있었다. 그리고 그 주위에서 사람들이 이 광경을 바라보고 있었다.

보자마자 눈치는 챘다. 속으로 제발 내 예상이 틀리길 바랐다. 그냥 발걸음을 뗄 수 없어 헬기가 뜨기 전까지 가만히 군중들 속에 서 있었다. 옆에 있는 네팔 사람에게 무슨 일인지 물어보니 '사고'라고 했다. 그 말에 안타까움을 금치 못했다.

그때, 오십대로 보이는 한 남자가 국산 브랜드 등산복을 입고 서 있는 모습을 보고서야 한국 사람이 사고를 당했구나 싶었다.

"선생님, 실례합니다. 무슨 일인가요?"
"사고…… 조심히 올라갔다 내려와요."

어쩌다가 누가 사고를 당했는지는 당장에 잘 알 수 없었다. 갑자기 소름이 끼치면서 두려웠다. 산이 이렇게 무섭구나…… 같이 걷는 사람이라도 있었으면 괜찮을 텐데 그냥 마음이 울적해졌다.

히말라야에서 매년 몇 건씩 사고가 발생한다고 하는데 실제로 그 현장을 목격할 줄은 상상도 못했다. 산이 정말 무서웠다. 사고 소식은 금방 퍼져서 한인민박과 산을 오르는 이들 그리고 인터넷 네팔 트래킹 카페에도 알려졌다. 돌아가신 분은 히말라야 ABC 트래킹을 온 한 산악회의 53세 남성이었다. 누군가의 남편이자 아버지일 텐데 타지에서 싸늘하게 주검이 되어 돌아가다니 너무나 안타까웠다.

발걸음이 조금 무거워졌다.

017

스키

/

각국의 사람들이 ABC를 향해 산을 오르고 있었다. 다들 나처럼 직접 배낭을 지거나 가이드 혹은 포터에게 배낭을 맡긴 모습이었는데 무언가 다른 짐을 가지고 산을 오르는 사람들이 있었다. 이상하게 뭔가 길쭉한 물건을 갖고 다니길래 가까이 다가가 자세히 보니 스키가 아닌가!

저 사람들, 설마 산 위에서 스키를 타기 위해 올라가는 것인가. 리프트도 없는 히말라야를!?

알프스 스키 이야기는 들어봤지만 히말라야에서도 스키를 탄다니 신기했다. 나는 가방 하나도 무거워서 헉헉거리는데 저들은 진짜 스키에 대한 열정이 충만하구나.

"히말라야에도 스키 탈 때가 있어요?"

"당연히 리프트는 없지만 위에 올라가면 눈으로 덮여 있어서 스키를 탈 수 있어요. 우리는 일주일 정도 스키를 탈 거예요."

물론 포터를 고용해서 함께 오르고 있긴 했지만 그들도 각자의 스키를 등에 메고 있었다. 스키를 메고 올라가는 걸 보면 분명 스키를 탈 만한 장소가 있다는 얘기인데 산 위는 어떤 모습을 하고 있을지 호기심이 일었다. 그들은 나더러 스키를 배워보고 싶은 마음이 있으면 말하라고도 했다. 도전해보고 싶기도 했지만 초보인 내가 히말라야에서 스키를 타다니 어림도 없을 것 같았다.

MBC(마차푸차레 베이스캠프, 3,700m)에 도착해서 차를 한잔 마시며 쉬고 있던 중이었다. ABC에 가까워질수록 눈이 쌓여 길이 험했지만 그 때문에 더욱 아름답고 경치가 좋았다. 하지만 안개가 너무 짙어 ABC에 계속 갈지 오늘은 MBC에서 묵고 내일 갈지 고민이었다. 산을 오르다가 같은 나이의 중국인 여자 트래커와 친해졌는데 그녀는 가이드와 함께 산을 오르는 중이었다.

혼자서는 짙은 안개가 무서웠지만 동행이 있다면 괜찮을 것 같았다. 그래서 고심 끝에 ABC까지 조심해서 함께 올라가보기로 했다. MBC 로지에서 휴식을 끝내고 출발하려는데 저 멀리서 많은 사람들이 보였다. 스키를 메고 올라온 일행들이었다.

"정말 희말라야에서 스키를 탈 수 있구나."

그들은 해냈다. 정말 존경스러웠다. 단순히 희말라야에서 스키를 타서가 아니라 그들이 하고 싶은 것을 열정으로 이뤄낸 순간이 정말 멋졌다. 나라면 상상조차 하지 못했을 것이다.

그들처럼 내가 열정이 있던 순간이 있었나?

제대로 된 스키장도 아니고 고산이라 로지도 시설이 열악하기 때문에 스키를 타는 데 불편함이 클 텐데도 아랑곳하지 않는 그들의 열정적인 모습을 보고 나도 나 스스로 가치 있다고 느끼는 일에 대해서만큼은 두려움 없이 도전해보기로 마음먹는다.

MBC 3,700m

018

눈물

ABC 도착 약 10분 전 저 멀리 캠프가 보이자마자 숨이 가빠지더니 기어코 눈물이 주르륵 흐르기 시작했다. 순례길 1,200km를 걷고 나서 목적지인 산티아고 데 콤포스텔라에 도착했을 때도, 꼭 가고 싶었던 대학에 7년 만에 편입학 합격했을 때도, 세 번의 수능을 모두 실패했을 때도 눈물 한 방울 나오지 않더니…….

기쁨의 눈물도 슬픔의 눈물도 아니었다. 아침부터 누군가의 죽음을 맞닥뜨려서 그랬는지 순간 나도 모르게 온갖 복합적인 감정이 북받쳐 올랐다. 고등학교 때 망막박리로 왼쪽 눈 시력을 잃을 뻔했다가 다시 볼 수 있게 된 것도 너무 감사했고 이렇게 두 발로 걸어서 히말라야를 오를 수 있는 것도 너무나 감사했다.

우여곡절은 있었으나 여태껏 건강하고 행복하게 잘 살아왔음에 감사하고 또 감사해서 눈물이 계속 흘러나왔다.

캠프까지 걸으면서 보고 싶은 얼굴들이 한 명 한 명 떠올랐다. 볼 수 있다는 것, 걸을 수 있다는 것, 공부할 수 있다는 것, 이 모두가 일상에서 당연하다고 생각하던 것이었는데 새삼 돌이켜보니 특별하고 소중하고 감사한 것이었다. 눈물을 훔치고 안나푸르나 베이스캠프에서 숨을 골랐다.

내가 걸어온 길을 돌아보니 앞이 제대로 보이지 않을 정도로 안개가 심했고 온 사방이 눈으로 덮여 있었다. 날씨가 좋지 않아서 오늘 도착할 수 있을지 걱정이 컸지만 한 걸음씩 천천히 걷다 보니 목적지에 닿을 수 있었다.

지금까지 걸어온 한 걸음 한 걸음이, 삶을 살아오며 걸어온 그 모든 걸음이 나를 성장시킨 거름이었다. 앞으로 또 어떤 걸음을 걷게 될지 모르겠으나 누군가에게 조금이라도 도움이 되는 사람으로 살아가고 싶다.

019

뒤

/

먼 미래를 생각하면 짙은 안개 때문에 앞이 잘 보이지 않는다.
현재를 차근차근 걷다 보면 어느새 목적지에 도달한다.

내가 지금까지 걸어온 길을 뒤돌아보면
짙은 안개 같던 미래가 과거가 되었다.

또 잘 보이지 않는 미래를 현재의 한 걸음 한 걸음으로
걷다 보면 그것은 어느새 과거가 되어 있다.

두려움은 온데간데없이 사라지고 발자국만 남아 있다.

그렇게 걸으면 된다, 당신이 지금까지 걸어온 것처럼.

ABC에서 바라본, 지금까지 올라온 길

변화

/

"이제 그만 해."

헌혈을 하면 꼭 엄마한테 얘기하는데 엄마는 내 건강이 걱정되셨는지 그만 좀 하라고 말씀하시곤 했다. 걱정하는 것 뻔히 알면서도 계속 헌혈을 이어가다 보니 이제는 엄마도 포기하셨다.

대신 집밥 메뉴가 달라졌다. 반찬 가짓수도 늘어나고 고기 반찬도 자주 올라온다. 예전보다 헌혈 참여에 관대해지셨다.

"엄마, 요즘 소고기를 왜 이렇게 많이 사?"
"헌혈하려면 잘 먹어야지."

나중에는 엄마도 함께 헌혈하러 가셨지만 철분 수치가 부족해서 참여하지 못했다. 아직 제대로 밥 한 끼 사드리지 못했는데 철분이 부족하다는 말에 너무 죄송한 마음이 들었다.

"나도 헌혈할 때 됐는데 또 해야지."

윤중이는 2년 전 런던 인턴 프로그램에서 만나게 됐다. 인턴이 끝난 후에도 나는 계속 휴학 상태를 이어갔지만 윤중이는 열심히 취업 준비를 한 끝에 현재 은행에서 일하고 있다. 나를 항상 응원해줄 뿐 아니라 헌혈도 같이 참여해주는 기특하고도 고마운 동생이자 친구이다.

"충만아, 헌혈증 아직도 모으니?"
"헌혈해야 하는데 시간이 진짜 없어."

헌혈에 별 관심 없던 현준이 형은 내가 헌혈증을 모으면서부터 헌혈에 본격적으로 참여하기 시작했다. 직장 일로 바쁜데도 불구하고 관심 가져주는 형이 너무 고마웠다.

랑탕 트래킹과 ABC 트래킹, 이렇게 두 번 산을 오르고 하산한다. 누군가는 쓸모없는 발걸음이라고 할지 모르겠으나 한 사람이라도 더 헌혈에 관심을 갖게 되지 않을까 기대하는 마음으로.

마차푸차레 6,993m

021

미아

길을 따라 걸었는데 막다른 길이었다.

풀이 무성하고 여기저기 나뭇가지가 흩어져 있었는데 어딜 봐도 사람의 흔적은 찾을 수 없었다. 분명 아까 길이 두 개 있었고 고도가 높은 곳으로 가야 하니까 윗길로 가야 된다고 생각했는데 막상 가보니 아니었다. 얼마나 돌아가야 하는지 감도 오지 않아서 풀을 헤치고 밑으로 내려갔다. 다행히도 제대로 된 길을 다시 찾을 수 있었다.

히말라야에서 길을 잃다니 상상도 못했던 일이다. ABC까지 가는 길은 이정표 표시도 잘 되어 있고 중간중간 현지인과 트래커들이 많아서 길 잃을 위험이 거의 없었는데 나처럼 먼저 ABC

에 갔다가 푼힐로 가는 사람은 드물어서인지 길에서 사람을 만나기가 힘들었다. 안나푸르나 베이스캠프를 트래킹하는 사람들은 세 가지 루트를 선택할 수 있다.

1. 푼힐전망대
2. ABC
3. 푼힐전망대 + ABC

푼힐전망대와 ABC 둘 다 가는 사람들은 거의 대부분이 푼힐을 먼저 간 다음에 ABC를 가곤 한다. 푼힐에서 바라보는 전경이 ABC보다는 덜 아름답고 길도 더 편해서인데, 나는 푼힐에 갈지 안 갈지 결정하지 못한 채로 ABC에 갔다가 이왕 걸음한 길이고 또 언제 다시 가볼 수 있을지 몰라 그냥 돌아서기 아쉬운 마음에 가기로 결정했었다.

독수리였다.

뭔가를 먹고 있었던 듯 그들은 무리를 지어 부리로 쪼다가 내가 가까워지자 하늘로 오른 것이었다. 독수리들이 머물던 곳은 내가 지나쳐야만 하는 길 근처라 길을 걸으며 어쩔 수 없이 그들이 먹었던 것을 봤는데 바로 죽은 말이었다.

말 한 마리가 가죽만 덩그러니 남긴 채 속은 텅 비어서 반대쪽 가죽이 접혀 있는 듯 보였다. 일반적인 코스를 따를걸 괜한 짓을 했다는 후회와 함께 독수리들이 공격해오기라도 하면 어쩌나 하는 불안한 상상 속에 발걸음을 재촉했다. 죽은 말이 안타까웠던 한편으로 또 어쩔 수 없는 자연의 섭리를 생각하며 얼른 그 장소를 피했다. 이후로도 누구 한 사람 만나지 못하고 중간중간 소를 보고도 흠칫흠칫 놀라기만 했다.

마을이 하나 보이길래 제대로 온 줄 알았는데 원래 목적지인 타다파니가 아닌 콤룽단다로 와버렸다. 그저 헛웃음만 나왔다. 이왕 이렇게 된 김에 금강산도 식후경이라 했으니 라면과 밥으로 배를 채우고 잠시 쉬었다가 다시 걷기로 했다.

랑탕 지역과 다르게 ABC 코스는 한국 관광객이 워낙 많아서 한국 음식을 파는 로지가 많다. 여러 종류의 한국 음식이 있는 것은 아니지만 대표적으로 김치와 라면을 파는 곳이 종종 있고 막걸리를 파는 곳도 볼 수 있었다. 되도록 현지 음식을 다양하게 먹어보려고 노력했지만 트래킹이 끝날 때쯤 되니 질리기도 할뿐더러 매운 음식이 생각나기도 했다. 그리고 라면에 밥을 말아 먹으면 배가 든든해져 걷는 데 도움이 됐다. 물가가 싼 네팔이라고 해도 트래킹 지역의 로지에서 파는 음식은 비싼 편이다. 한국 음식을 파는 로지에서 라면과 밥 한 공기에 한화로 6~7천원 정도 한다.

끼니를 해결하고 현지인들에게 길을 물어본 뒤 다시 트래킹을 시작했다. 하지만 걸음을 시작하자마자 금방 또 헤매게 됐다. 어디로 가야 할지 몰라 두리번거리고 있는데 한 여자가 큰 소리로 나를 부르더니 뛰어와 길을 가르쳐주었다. 그러고 나서도 못미더웠는지 아니면 아래쪽에 위치한 집에 볼일이 있었는지 자신이 직접 안내해주겠다며 나더러 따라오라고 했다.

이십대 초반으로 보이는 그녀의 이름은 안쥬^Anjou^였다. 길을 안내받으면서 그녀의 집을 지나치게 됐는데 그녀의 자녀와 어머니 그리고 남동생까지 만나 짧은 인사도 나누었다. 친절하게 길을 가르쳐준 그녀를 기억하고 싶어서 사진 한 장 찍어도 되겠느냐 묻고 카메라에 그녀의 사진을 담은 뒤 작별인사를 했다.

안쥬 덕분에 다시 제대로 된 길을 걸었다. 그렇게 한참을 걷다가 5분 정도 더 가면 타다파니에 도착한다는 한 숙소의 홍보판을 보고 기쁨의 노래를 불렀다. 네팔 여행 중 가장 아찔했던 때를 꼽으라면 바로 주저 없이 이날의 일을 꼽을 것이다.

돌고 또 돌아서 드디어 목적지에 도착하는구나.
별 탈 없어서 정말 다행이야.
하마터면 히말라야에서 미아가 될 뻔했어.

안쥬

타다파니 2,670m에서 일몰

#022

발자국

고산인지라 핸드폰이 잘 터지지 않는다. 때문에 길을 잃으면 꽤 골치 아파진다. 물론 ABC 코스는 트래커도 많고 현지인이나 포터, 가이드도 많기 때문에 따라가기만 해도 길을 잃지 않겠지만 그래도 나처럼 헤매는 사람이 있기 마련이다.

처음에는 이 길이 맞겠지, 맞겠지 하다가 나중에는 지나가는 사람 하나 없고 주변에 나무밖에 없으니 그제야 길을 잘못 들었구나 싶어 두려움이 엄습해온다. 심호흡을 하고 잠시 가만히 서 있으면서 천천히 생각을 가다듬는다. 길을 한번 잃은 뒤 바른 길을 찾고 나서부터는 땅 밑을 유심히 쳐다보며 발자국이 있는지 확인하곤 했다. 나뭇잎이 땅바닥에 수도 없이 떨어져 있어서 흔적을 찾기 힘들었지만 중간중간 발자국이 보였다.

"이 길이다."

발자국을 보고 나서야 발걸음이 가벼워졌다. 10분이 넘도록 아무도 만나지 못했지만 때때로 발자국을 확인하며 걸었기에 심리적으로 불안하지 않았다. 곧 지나가는 현지인을 만나 타다파니로 가는 길이 맞는지 물어 확인할 수 있었다.

살다 보면 이처럼 길을 잃곤 한다. 뻥 뚫린 고속도로를 달리듯 인생이 탄탄대로라면 좋겠지만 이 길이 맞는지 아닌지조차 모른 채 어리둥절할 때도 있지 않은가.

우리 주변에는 삶의 방향을 가리키는 이정표와 발자국이 여럿 존재한다. 그것은 부모님이 될 수도, 선배나 동료가 될 수도 있다. 자신만의 길을 만들어나가는 것도 중요하지만 길을 헤매게 될 때는 주변의 이정표와 발자국을 한번 찾아보기 바란다.

혼자 끙끙 앓았던 삼수 생활이 무척 후회된다.

#023
인사

히말라야에 사는 아이들은 해발고도 2,000m가 넘는 학교에서 공부를 한다. 어떤 아이들은 30분이 넘는 거리를 산을 타고 오르락내리락하면서 학교에 다닌다.

촘롱에는 계단이 정말 많다. 계단을 오르다가 중학생쯤으로 보이는 여학생 세 명을 만났다. 교복을 입고 책가방을 멘 여학생들이 서로 이야기하며 계단을 내려오고 있었다.

학생들이 차례로 '나마스테' 하고 인사해서 나도 세 번을 똑같이 '나마스테' 하고 인사했다. 여학생들이 키득키득 웃으면서 지나갔고, 나도 계단 위에서 잠시 숨을 고르며 아이들의 뒷모습을 쳐다보고 피식 웃었다.

촘롱

#024

비교

/

　문득 불안할 때가 있다. 누군가 나보다 빨라서 내가 너무 뒤처지지 않을까 걱정할 때.

　문득 불안할 때가 있다. 내가 가는 길이 남들과 달라서 그 길이 틀린 길은 아닐까 의심할 때.

　다른 이의 속력은 당신보다 빠른 것이 아니라 당신의 속력과 다를 뿐이고, 당신의 길은 틀린 것이 아니라 다른 이의 길과 다를 뿐이라고 말해주고 싶다.

　어디로 향하는지 방향만 안다면 속력은 자연스럽게 따를 것이라고 한마디 건네주고 싶다.

느려도 괜찮다고, 다른 길로 걸어도 괜찮다고.

당신의 한 걸음이 틀림이 아니라 다름이라고.

다름은 틀림이 아니라고.

속력보다 방향이 중요하다고.

#025

쉼

/

"10분만 쉬었다 가야지."

50분 수업에 10분 휴식 그리고 꿀맛 같은 점심시간의 법칙은 이곳 히말라야에서도 변함이 없다. 40~50분 정도 걷다가 기막힌 풍경이 보이면 잠시 무거운 배낭을 내려두고 다리도 문지르고 멋진 풍경도 바라보다가 사진도 찍는다. 이내 바위에 걸터앉아 멍 때리기도 하고 지나가는 사람에게 인사도 건네본다.

"나마스테."
"하이."
"올라."

잠시 멈춤은 산에서 내려오는 사람과 산을 오르는 사람과 만나게 해주는 매개체다. 로지에서든 길에서든 나보다 먼저 와서 쉬고 있는 사람과 대화의 창이 열리거나 또 뒤따라와서 쉬는 이들과 이야기의 장이 열리기도 한다. 그뿐만 아니라 '쉼'은 다시 걸을 수 있는 힘과 체력을 준비하는 시간이기도 하다.

나 자신을 더 잘 알고 싶어 시작한 갭이어, 다시 말해 휴학이 어쩌다 보니 2년이란 시간을 넘겼다. 아르바이트와 인턴을 하면서 생활비와 여행경비를 모았고, 그 밖에 각종 기업과 학교에서 주관하는 서포터즈와 대외활동에서 여러 사람을 만나 배우고 또 조금이나마 기업 시스템이나 홍보활동에 대해 체험할 수 있었다. 필리핀, 캄보디아 봉사단에 참여하여 다양한 사람들과 호흡을 맞춰가며 팀을 이끌고 하나의 구성원이 되었다.

학교라는 울타리와 정해진 커리큘럼, 일률적으로 짜인 시간표가 아닌 내가 책임지고 내가 주체가 되어 만들어나간 나만의 휴식을 가질 수 있어서 정말 감사하고 행복했다.

나에게 휴학은 쉼이며 또 하나의 걸음이었다.
앞으로 전진하기 위한 에너지 주유소 '쉼'.

#026

빙산의 일각

처음 히말라야를 떠올렸을 땐 하얀 만년설을 생각했다. 구글에서 '히말라야'라는 키워드로 이미지를 검색해보니 거의 대부분이 눈 덮인 산이었다.

실제로 네팔에 와보니 설산은 일부분이었다. 일부 구간은 우리나라 산과 별반 다를 게 없는 그냥 산이었다. 히말라야 산맥이 무려 2,400km에 달하고 파키스탄부터 인도, 네팔, 시킴, 부탄, 티벳 남부까지 뻗어 있으니 내가 볼 수 있는 데라고는 히말라야의 극히 일부분일 뿐이었다.

***

하나를 보면 열을 알 수 있다고 하지만 한두 번 만나보는 것만으로는 그 사람을 온전히 알 수 없다. 하지만 바삐 돌아가기만 하는 사회는 그 한 사람을 알기 위해 많은 시간을 쏟아부을 수 없기 때문에 한 번의 만남과 한 가지의 서류를 가지고 그 사람을 한 번더 볼 것인지 말 것인지 결정한다.

쉽게 말하면 예선전이다. 첫 만남에서 예선을 통과하면 그다음 만남으로 이어지고, 취업전선에서는 인적성검사나 면접이 이루어지는 다음 단계로 넘어간다. 그 단계에서도 좋은 인상을 남기면 최종합격이다.

그때부터가 서로 같이 시간을 보내면서 어떤 사람인지 알게 되는 기간이다. 그렇게 거르고 걸러도 회사에는 별의별 성향의 유별난 사람들이 있기 마련이다.

그리고 연애를 하다 보면 차츰 본성이 드러나게 되는데 그 본성이 애초의 생각과 다를 때도 많다.

그 후에는 퇴사하거나 이직하거나, 헤어지거나.

***

SNS에는 삼수를 했다거나, 삼수하고 들어간 학교에서 두 번이나 학사경고를 받고 자퇴했다거나, 편입학을 문닫고 합격했다거나, 지원한 취업서류가 다 떨어졌다거나, 좋아하는 한 사람한테서 다섯 번 이상 차였다거나 하는 식의 이야기를 자주 볼 수 없다. 그래서인지 SNS에서 보이는 타인의 행복한 모습 때문에 상대적 박탈감을 느끼는 이들도 많다고 한다.

하지만 이곳저곳 다니면서 사람들을 만나고 또 경험해보니 크게 다르지 않더라. 돈이 많다고 그 사람의 삶이 꼭 행복한 것도 아니고 그 사람 마음 또한 큰 것도 아니더라. 저마다의 고충이 있고, 저마다 숨기고 싶은 이야기가 있고, 굳이 꺼낼 이유가 없는 이야기들도 있더라.

027

잔돈

/

ABC 트래킹이 끝나고 처음 트래킹을 시작했던 나야풀에 도착했다. 아무 탈 없이 목적지에 올라갔다 내려오게 되어 감사했고 숙소로 돌아가 땀과 먼지 낀 몸을 씻을 생각에 기뻤다.

숙소가 있는 포카라 페와호수로 가기 위해서는 택시나 버스를 이용하는 방법이 있다. 트래킹 첫날 나야풀에 왔을 때는 한인 민박에서 만난 우석이 형과 같이 택시를 타고 왔는데 돌아갈 때는 혼자 택시 타기 부담스러워서 버스를 탔다. 택시비는 약 2,000루피, 버스비는 100루피.

버스를 타고 잔돈이 없어 1,000루피짜리 지폐를 내밀었다.

"잔돈 없는데. 100루피짜리 없어?"

"1,000루피짜리 화폐만 있어."

"그럼 이따 손님들한테 받아서 거스름돈 줄게."

한 사람 두 사람, 열 명이 넘는 승객이 탔어도 버스 기사가 거
스름돈 줄 생각을 하지 않자 짜증이 났다. 혹시나 돈 받은 적 없
다고 시치미 떼는 건 아닐까 머릿속이 복잡해지다가 주겠지, 생
각하고 창밖을 바라봤다.

그가 내게 다가오더니 900루피를 거슬러줬다.

날름 돈을 받았다. 속으로는 민망하고 미안하게.

포카라, 페와호수

네 번째 걸음

—

수교 30주년 부탄,
대한민국

#001

세계에서 가장
행복한 나라

/

　세상에서 가장 행복한 나라는 어디일까? 스웨덴, 핀란드, 노르웨이 등 먼저 북유럽 국가들이 떠올랐다. 아름다운 자연환경과 풍부한 자원뿐만 아니라 복지 시스템이 잘 갖춰져 있고 재정이 풍부한 북유럽. 그리고 부탄이 떠오른다. 하지만 부탄은 어떤 이유 때문에 행복한 나라로 불리는가.

　일반적으로 자유여행이 불가능하고 하루에 200달러 이상을 써야만 여행이 가능하단 이야기가 사실인지 알아보기 위해 카트만두 시내의 여행사들을 돌아다녔다. 여행사에 따르면, 부탄 입국을 위한 비자발급금은 40달러, 육로로는 입국이 전혀 불가능하고 오직 비행기로만 가능한데 비행기표는 430달러, 그리고 체류비로 가이드, 호텔, 음식 등 하루에 총 200달러를 지불해야 한다.

부탄이 법으로 관광객 수를 조절하는 것은 아니었지만 국민들이 주 생업인 농업에 전념하도록 하고 그들의 자연을 지키고자 하루 체류비를 200달러로 책정했다. 65달러는 국가에서 세금을 걷어 교육 등 재정으로 사용하고 나머지 비용은 숙박, 음식, 가이드 등 여행비용에 쓰인다.

　여행일정도 얼마 남지 않은 데다 이제 곧 귀국하면 취업준비생 신분인 터라 막대한 여행경비가 신경 쓰여 선뜻 결정을 내리기 힘들었다. 하지만 2017년이 부탄과 한국이 수교를 맺은 지 30주년이 되는 해이기도 하고 OECD 자살률 1위 국가 청년의 관점에서 왜 부탄이 행복한 나라로 불리는지 직접 가서 체험해보고 싶기도 하여 짧지만 이틀을 할애해 부탄을 여행하기로 했다.

　그런데 여행사에 갔더니 고민하는 동안 이코노미석이 꽉 차서 비즈니스석밖에 없다는 것이었다. 다행히도 비즈니스석이 이코노미석보다 30달러 비싼 정도라 지불할 수 있었다. 덕분에 내 생애 최초로 반강제적으로 비즈니스석을 탔다. 돈을 쓰고 경험을 취했다.

부탄, 파로

002

에베레스트

운 좋게 좌측 창가 좌석표를 받았다. 창가에서는 새하얀 히말라야 산맥이 보였다. 넋 놓고 창밖을 바라보고 있자니 갑자기 방송이 나왔다.

"신사 숙녀 여러분 기장입니다."
"여러분이 보고 계신 봉우리는 에베레스트라고 불리는, 세계에서 가장 높은 봉우리입니다."

카트만두에서 부탄으로 가는 비행기 안

환대

/

카트만두에서 한 시간 정도 지나 부탄 파로 공항에 도착했다. 비행기에서 내려 공항 안으로 들어섰다. 공항부터가 부탄의 전통 건축 문양으로 만들어져 있어 신비감이 더했다. 부탄 공항은 정말 작고 아담했는데 내부에는 스크린도 없었다.

수속을 마치고 공항 밖으로 나가 여행사에서 알려준 가이드인 미스 고든 씨를 찾기 위해 두리번거렸다. Mr. Lim이라 쓰여 있는 종이를 보고 마중 나와 있던 고든 씨와 합류하고 또 함께할 운전사 청년도 만났다.

"Mr. Lim, 만나서 반갑습니다. 우리나라에 오신 걸 환영하는 의미로 하얀색 천을 매드릴게요."

그녀는 반갑다고 인사하며 내게 하얀 천을 둘러주었다. 내게 있어서 공항은 설레는 공간이기도 하면서 여행의 시작과 끝이기도 한 동시에 외로운 곳이기도 했다. 항상 배낭 하나 둘러메고 홀로 여행을 시작하는 경우가 많다 보니 누군가가 마중 나오는 일은 어색하기만 하다.

그녀에게야 일이겠지만 세심한 배려와 준비에 나는 첫 느낌부터가 좋았다. 초와 씨를 따라서 주차되어 있는 여행사 차량을 타기 위해 가보니 한국 브랜드 차가 준비되어 있었다. 한국과의 교역 상황을 조금이나마 엿볼 수 있었다.

운전사는 뒷문을 열어주면서 내가 탈 때까지 기다렸다가 손수 문을 닫아주었다. 정성껏 맞아주는 그들 덕분에 앞으로의 여행이 즐거울 것만 같았다. 나도 누군가를 맞이할 때 정성으로 대해야겠다.

004

기도

1974년 부탄의 세 번째 국왕인 지그메 왕추크를 기리기 위해 만들어진 메모리얼 초르텐에는 부탄 사람들이 굉장히 많았다. 입구에 들어서자 큰 마니차가 보였다. 마니차는 티벳 불교 경전을 넣은 경통인데 마니차가 돌아가면 경전의 불력이 세상으로 퍼진다고 믿고 있어 사람들이 마니차를 오른쪽에서 왼쪽 방향으로 돌리며 기도를 하곤 한다.

"메모리얼 초르텐에는 아침부터 많은 사람들이 와서 기도해요. 하루 종일 머무는 사람들은 도시락을 가져오기도 하죠."

가이드 초와 씨의 이야기를 들어보니 이곳은 국왕을 기리는 곳인 동시에 그들의 역사가 살아 숨 쉬는 곳이기도 하면서 부탄 사람들의 쉼터 같았다. 마니차를 돌리며 기도하는 사람들도 있고 그저 서로 이야기를 나누는 사람들, 그리고 스투파(화장묘) 주위를 시계방향으로 돌면서 기도하는 사람들도 있었다.

나도 그들을 따라 스투파를 돌면서 마음속으로 기도했다. 정국 파탄으로 어지러운 우리나라에 말과 행동이 따로 노는 지도자가 아니라 본보기가 되는 지도자가 새로 선출되고 또 우리 가족들도 행복하게 잘 지내도록 해달라고. 우리나라가 더 행복한 나라로 발전하기를 소망하는 마음을 담아 기도했으며, 소아암으로 고통받는 이들을 위해 많은 사람들이 헌혈에 관심 갖고 조혈모세포 기증에도 참여하기를 소망했다.

마니차를 돌리거나 스투파를 돌고 또 도는 사람들을 보고 있자니 엄마 생각이 났다. 엄마의 하루 일과는 새벽 5시 40분 기상, 6시에 새벽예배 참석, 7시쯤 집에 돌아와 아침거리를 챙겨놓고 7시 20분에 출근하는 것으로 시작된다. 몸이 안 좋았던 때 새벽기도에 참석하시지 못한 것을 제외하고 내가 30년 동안 바라본 엄마는 건강이 허락하는 한 항상 이와 같은 일상을 지속해오셨다. 엄마 기도의 대부분은 우리가족 화목하고 아버지 술 담배 끊으시고 나와 내 동생이 삶 가운데 건강하게 잘 살아가기를 바라는 내용이다.

누군가 나를 위하여 기도하고 또 응원해준다는 것은 정말로 큰 힘이 아닐 수 없다. 누군가의 기도로 무언가가 이루어진다는 의미에서가 아니라 누군가가 나를 위해 기도해준다는 사실 자체가 더 노력하고 전진하게 만드는 에너지가 되기 때문이다.

당신을 위해 기도합니다.

물질적 풍요보다는 마음의 평화를 갖게 하시고
힘든 가운데서도 그 발걸음이 삶에 거름이 되게 하소서.

가진 잠재력을 과소평가하지 말며
자신에 대한 믿음을 무엇보다 굳건히 여기고
나 자신뿐만 아니라 항상 주위를 둘러보게 하시고
소유보다는 베풀 수 있는 넓은 손과
사방을 둘러볼 수 있는 아름다운 눈이 되게 하소서.

다른 이의 시간을 내 시간같이 소중히 여기며
불같은 열정과 따뜻한 손길을,
함께 또 같이 걸을 줄 아는 건강한 다리를 가지고
지혜롭게 채우고
똑똑하게 비울 줄 아는 사람이 되게 하소서.

팀푸, 메모리얼 초르텐 3대 국왕의 업적을 기리는 곳

005

리더

부러웠습니다.

어려운 국민들에게 무상으로 땅을 나눠주는 왕

허물없이 예고도 없이 국민의 집을 방문하는 왕

국민을 직접 만나기 위해서 산을 넘어 오지로 찾아가는 왕

국민들과 이웃처럼 사는 왕

평민과 결혼하고 누구보다 검소하게 살아가는 왕

나라와 국민의 행복을 우선시하는 왕

국민들의 존경과 지지를 한껏 받는 왕.

이런 리더가 세상에 어디 있나요?

바로 부탄의 5대 국왕, 지그메 왕추크.

"저곳이 왕이 사는 곳이에요."

"팀푸 종 말고 저 옆에 노란 건물이요?"

"네. 왕은 국민들과 소통하기 위해 늘 가까이하려고 노력해요."

부탄에서는 종을 빼놓고는 말할 수가 없다. 티벳 문화권의 독특한 건축양식을 부탄만의 특색에 맞게 지은 종은 군사요충지에 위치하고 있다. 과거에는 전쟁을 대비하는 요충지였지만 현재는 행정과 사원으로 운영되고 있다. 부탄은 20여 개의 광역 행정구역으로 나뉘는데 이를 '종카그'라고 부르고 '종카그'마다 하나의 종이 있다. 부탄의 수도인 팀푸에 위치한 종은 '타시초 종'이라고 불리는데 부탄의 국왕은 타시초 종 옆의 궁전을 국가에 헌납하고 뒤에 있는 조그마한 집에서 살고 있다.

부탄에 올 때 가장 큰 관심사는 부탄 왕이었다. 현재 5대 국왕인 지그메 케사르 남기엘 왕추크, 옥스퍼드 대학원에서 정치학을 전공하고 평민과 결혼하는 등 권력을 포기하고 민주주의를 시행하였으며 국가 토지를 국민들에게 나눠주고 오지에 사는 국민들을 만나기 위해 산 넘고 물 건너 직접 찾아가는 멋쟁이다. 그뿐이랴. 아직까지 개발이 덜 된 부탄은 산악지역이라 도로가 잘 정비되어 있지 않다. 국가에서 민가용 헬기를 구입해두었지만 자신의 나라 구석구석을 알기 위해 도보를 선택한 그는 현대 보기 드문 리더였다.

언젠가 인전자원관리에 대한 수업 중 리더에 대해 조사, 발표했던 경험이 있다. 과거에는 카리스마 중심의 리더가 많았는데 근래에 들어서는 남보다 자신을 먼저 낮추는 서번트 리더 유형이 새롭게 떠올랐다. 서번트 리더는 봉사나 섬김의 리더십이라고도 볼 수 있는데, 앞서서 구성원들을 강하게 이끌기보다는 그들의 이야기를 하나하나 경청하고 구성원이 능력발휘를 할 수 있게 뒤에서 밀어주고 돕는 형태의 리더다. 이로 인해 리더는 구성원으로부터 존경을 받고 함께 성장하는 원동력을 갖게 된다.

부탄 국왕 지그메 왕추크가 이에 대표적인 사례가 아닐까. 국왕의 인기는 우리나라 아이돌 인기 못지않았는데 공항에서 내리자마자 국왕과 왕비의 사진이 사방에 걸려 있는 모습을 볼 수 있었다. 시내 곳곳뿐만 아니라 기념품 가게에서조차 국왕의 인기를 실감할 수 있었다. 호텔에는 태어나 처음 생일을 맞은 부탄 왕자의 사진으로 만든 책자가 있었다.

굳이 만나보지 않더라도 국민들의 절대적인 신뢰와 존경을 받는 왕의 위상을 느낄 수 있었다. 존경은 억지로 만들어지는 것이 아니라 말보다 행동이 본이 될 때 저절로 생겨나는 법이니까.

다른 이의 말에 귀 기울이고 먼저 다가가는 그런 리더, 그런 사람이 우리나라에도 많아지기를.

파로 공항, 국왕과 왕비 사진

006

산마루

/

"충만 씨, 한국 음식점도 있는데 저곳에 가보고 싶어요?"
"괜찮아요, 저는 부탄 음식을 더 먹어보고 싶어요."

부탄 팀푸에는 '산마루'라는 한국 음식점이 있는데 음식이 굉장히 맛있고 고급지다고 소문이 났다. 이로 인해 부탄에 가보기도 전에 그 음식점에 대해 알 수 있었다.

주인은 한국 여자분인데 인도에서 유학 중 부탄인 남성과 사랑에 빠져 결혼했다고 한다. 과거와 달리 현재 부탄에서는 외국인과의 결혼이 금지됐는데 역시 사랑은 타이밍이다.

#007

유기농

무슬림은 돼지고기를 금한다.

힌두교는 소고기를 금한다.

불교에서는 살생을 금한다.

부탄에서도 고기는 볼 수 있었는데 신기한 점이 있었다.

"부탄에서도 고기는 먹지만 살생은 하지 않아요."
"그럼 지금 내 눈 앞에 있는 고기는 어떻게 된 거예요?"
"대부분 인도에서 수입해온 고기로 요리한 거예요."

    불교에서 살생을 금하는 것은 알았으나 나라 전체가 실제로
실천하고 있을 줄은 몰랐다. 고기 외에는 모두 부탄에서 유기농
농사를 지어 만든 음식들이었다. 호텔 식당에 자리를 잡고 앉으
니 음식이 하나씩 차례로 나왔다. 서빙하는 직원이 큰 접시에 조
금씩 덜어주며 음식마다 일일이 설명을 해주었다.

    부탄 사람들도 고추, 마늘 등 매운 음식을 좋아해서 한국인들
입맛에 잘 맞을 것 같았다. 게다가 유기농 농사를 지은 재료로 만
든 음식이니 맛도 좋고 건강에도 좋을 수밖에.

호텔, 저녁식사

첫눈

/

첫눈이 오는 날은 공휴일
모든 사람이 쉬는 나라

부탄.

팀푸

자연

/

히말라야 에베레스트를 오르기 위해서는 강인한 체력과 장비들 그리고 함께 올라갈 원정대와 가이드, 포터 등이 필요하다. 그리고 한 사람당 입산료 1,000달러, 한화로 120만원 정도가 필요하다. 입산료는 봉우리와 트래킹 코스마다 천차만별이다.

랑탕과 ABC의 경우 팀스 20달러, 퍼밋 20달러로 총 40달러를 지불하면 트래킹을 즐길 수 있다. 입산료 일부는 트래킹 길을 보수, 개선, 유지하는 데 쓰인다.

히말라야에는 나처럼 트래킹을 즐기는 관광객들과 고봉을 도전하는 이들이 있다. 세계 최고봉인 에베레스트(8,848m)뿐만 아니라 K2, 칸첸중가 등 총 14개의 봉우리가 8,000m가 넘는다.

부탄 히말라야에는 8,000m보다는 낮지만 7,000m 이상인 고봉들이 많은데 네팔과는 다르게 누구도 오르지 못한 산이다. 산을 정복의 대상이 아닌 경배와 상생의 터전으로 여기기 때문에 몇 년 전 햄라 6,000m 이상 등반을 금지시켰다가 현재는 몇몇 허가된 지역을 제외하곤 입산을 아예 불가지역으로 정했다.

두 나라 중 어떤 나라 정책이 정답일까? 아마 정답은 없겠지만 두 나라 모두 자연을 신성시 여기고 산을 그들의 집처럼 소중히 여김을 느낄 수 있었다.

강진곰파 가는 길

010

행복

"지금 행복하신가요?"

질문에 선뜻 답하지 못하는 이유는
정말로 행복하지 않아서가 아니라

너무 행복해지려고
애써서가 아닐까.

#011

행복지수

/

행복을 수치로 측정할 수 있을까?

7년 만에 원하던 학교에 편입학했을 때 합격의 기쁨은 잠시뿐, 어떤 삶을 살겠다는 구체적인 목표보다 취업이라는 또 다른 벽에 부딪혔다. 삶에서 순간순간 목적을 달성하고 성취감을 느낄 때 기쁨은 잠시였고 산 하나를 넘으면 또 다른 산을 오르기 시작해야 했다.

누군가 내게 행복하냐고 묻는다면 신체 건강하고, 좋은 친구들과 부모님 그리고 선후배 등 여러 사람들과 더불어 감사하며 살아가고 있긴 해도 선뜻 "행복합니다"라고 답하기 힘들다.

개인마다 행복의 정의는 다르겠지만 과연 보편적인 행복이란 무엇일까? 물질적 풍요나 걱정이 없는 상태가 행복일 수도 있겠고, 명예를 지키는 일이나 누군가에게 인정받는 일이 행복일 수도 있다. 또 누군가는 건강한 삶을 최고의 행복으로 꼽을 수도 있다.

행복이란 주관적이기 때문에 수치화가 불가능하다고 생각했지만 부탄은 국민행복지수를 9개 영역 33개 지표로 측정해서 2008년부터 공식적으로 발표하기 시작했다. 물론 주관적 개념인 행복을 수치화해서 순위를 매긴다고 해도 실제와 같을 수는 없겠지만, 중요한 건 다른 무엇보다 국민의 행복을 우선시하고 있음이 느껴졌다는 사실이다.

2016년 OECD가 발표한 사회지표 가운데 우리나라는 빈곤율, 자살률 최고 그리고 출산율 최저를 기록했다. 진정한 행복이란 더불어 사는 사회에서 구성원들끼리 주고받는 신뢰를 바탕으로 서로 공경하고 존중하며 화합하는 데서 오는 것이 아닐까?

몇 해 전부터 GDP가 올라갈수록 낙수효과를 기대하던 사회는 2016년 GDP가 거의 3만이 다 되어가는데도 양극화와 세대갈등, 남녀갈등 등을 더욱 심화시켰다. 나 하나 잘한다고 바로 행복해지고 공동체가 발전하기는 매우 어렵지만 타인을 존중하고 각자의 위치에서 우리 모두를 위한 행복을 추구한다면 함께 발전할 수 있지 않을까?

#012
자유여행

/

이튿날 아침 8시 30분, 호텔 로비에서 초와 씨를 만나 체크아웃을 하고 차량으로 이동했다. 운전사 청년은 오늘도 어김없이 친절하게 무거운 내 배낭을 트렁크에 싣고서 차 문을 열어주었다. 그에게는 직업이라 아무렇지도 않을지 모르겠지만 너무 세심한 배려에 나는 몸 둘 바를 모르겠는 거다. 무척 고맙지만 이제 차 문 정도는 내가 열고 닫겠다고 말하며 그에게 감사인사를 하고 차에 올랐다.

"오늘은 어디로 가나요?"
"탁상곰파에 갈 거예요."

드디어 가는구나, 탁상곰파!

탁상곰파는 호랑이 둥지라고도 불리는 사원이다. 부탄 여행 중 많은 사람들이 탁상곰파 보는 것을 기대하는데 나 역시 마찬가지였다. 해발고도 3,140m에 위치한 이 사원은 파로계곡에서 아주 가파른 벼랑에 지어져 더욱 신비함을 뿜어낸다.

워낙 유명한 관광지이면서 현지 네팔인들에게도 소중한 사원인지라 정말 사람이 많았다. 트래킹 입구에는 여러 마리의 말들이 대기하고 있었는데 비용을 지불하면 대여도 가능했다. 트래킹 중간지점인 탁상카페에 가기 전까지는 말을 타고 올라갈 수 있다고 한다.

부탄은 자유여행이 불가능하기 때문에 나처럼 가이드와 함께인 사람들이거나 현지인들이 대부분이었는데 홀로 큰 배낭을 메고 산을 오르는 이도 간혹 보였다. 어찌 된 영문인지 초와 씨에게 물어보았다.

"저 사람은 자유여행 중인 거예요?"
"자유여행은 금지인데 인도 사람은 육로로도 입국이 가능하고 자유여행이 가능해요."
"왜 인도인만 자유여행이 가능하죠?"
"부탄과 인도는 예전부터 우호협력 체결로 가까운 나라예요. 수출입도 활발하고 서로 친밀한 관계를 유지하고 있어요."

인도가 부탄의 최대 교역국인 동시에 최대 원조 지원국이라는 사실을 알았다. 인도는 물질적 원조뿐만 아니라 도로건설과 수력발전소 건설을 적극 돕고 부탄은 인도에 전기를 수출하고 있다. 두 나라는 오랜 기간 서로 협력관계를 이어왔는데 특히 인도는 근래 50여 년 동안 부탄의 경제개발에 크게 이바지했다. 친밀한 관계 덕분에 인도 사람은 다른 국가 관광객보다 자유롭게 부탄 여행이 가능하다.

"초와 씨, 올해가 한국과 부탄의 수교 30주년이란 거 아세요?"
"네, 알고 있어요. 1987년부터 부탄과 한국이 수교를 맺었죠?"

인도와 부탄에 대한 이야기를 듣고 가이드가 혹시 한국과의 관계도 알고 있는지 궁금해 물었다. 우리나라는 부탄에 통신기기와 자동차 등을 수출하는데 실제로 여행 중 우리나라에서 만든 자동차 브랜드의 택시를 자주 볼 수 있었다. 그리고 민속박물관에는 2016년 한국전력공사에서 설치한 태양열 램프가 전시돼 있었다.

이후 양국 간의 관계가 어떻게 이어져갈 것인지 관심과 기대가 모아졌으며 또 나는 거기에 어떤 방법으로 기여할 수 있을지 고민해보는 계기도 되었다. 한국과 비슷한 모습을 가지면서도 그들만의 문화와 속도로 옛것을 지키고 행복하게 살아가는 이들의 모습을 보며 어떤 점을 배워 갈 수 있을까?

013

유토피아

2박3일의 짧은 기간이지만 부탄이 어떻게 세계에서 가장 행복한 나라가 되었는지 알기 위해 가이드에게 이것저것 물었다.

"부탄은 의료와 교육을 국가에서 모두 지원하나요?"

"네, 맞아요. 초등학교 7년, 중등학교 4년, 이렇게 총 11년은 무상교육이에요. 의료도 국가에서 지원하고요."

"여자 승려도 14명 정도가 있는데 승려가 되려면 교육을 받아야 하고 국가에서 지원해줍니다."

인구가 적은 데다 복잡하지 않아서 신호등이 없는 나라, 자연보호에 많은 노력을 기울이고 있기 때문에 공기도 좋은 만큼 아름다운 자연을 가진 나라 부탄.

사람들 또한 여유가 넘쳐 보였고 서로 존중하고 예의 있는 모습이었다. 그래서 살기 좋은 나라구나 하는 생각이 들었다. 하지만 그들 나름대로의 고충도 있었다. 초와 씨는 몸이 아파 병원에서 약을 처방받았는데 2년 후에야 의사가 약 처방을 잘못한 사실을 알고 인도 병원에 정기적으로 치료를 받으러 다녔다고 한다. 물론 국가에서 일부 치료비를 지원하지만 의료기술이 아직 뛰어나지 않아서 초와 씨처럼 불행을 겪는 경우가 종종 있다고 한다. 여성 가이드로서 일하며 불편한 점과 아직까지 사회에서 차별받는 여성들에 대한 이야기도 들려주었다.

마지막 날 그녀는 내게 종이 한 장을 내밀며 작성해달라고 부탁했다. 여행사에서 만든 여행 만족도 조사였다. 3일 동안 친절하게 가이드해준 그녀와 운전기사에게 모두 10점으로 체크하고 서술식 질문에도 성실히 답했다.

물질적 풍요보다는 국민들의 행복이 최우선이라고 여기는 부탄의 리더, 개인의 사리사욕을 채우기보다는 국민들의 이야기 하나하나에 세심하게 귀 기울일 줄 아는 그야말로 최고의 왕이다. 전통가치를 계승하고 지속적으로 발전시키며, 단기적 경제성장을 위한 무분별한 개발이 아닌 진심으로 자연을 소중히 여기는 마음가짐과 살생을 금하는 그들의 모습에서 많은 것을 보고 느낄 수 있었다.

부탄은 2010년 유럽 신경제재단(NEF)에서 조사한 행복지수 세계 1위를 차지했다. 하지만 2016년에는 80위인 한국보다야 높지만 56위에 그쳤다. 상위권은 대부분 북유럽 국가들이 차지했다. 뿐만 아니라 2016년 부탄은 자살이 사망원인 6위에 올라 사회적 이슈가 되었다.

토머스 모어의 '유토피아'는 이상향을 의미한다. 이 세상에 없지만 좋은 곳이라는 뜻을 내포하고 있다. 유토피아라는 나라는 농업국가인데 게으른 자는 추방된다. 하루에 여섯 시간만 일하고 나머지는 자유시간이다. 결혼은 여자 18세, 남자 22세부터 가능하고 모든 것은 공유이며 타국에서 전쟁을 걸어오지 않는 한 출병도 전쟁도 없다.

토머스 모어의 이상향처럼 각기 상상 속에 유토피아는 있을지 모르지만 부탄이나 한국처럼, 아니 세계 어느 나라나 마찬가지로 각국의 고충과 문제점 또한 반드시 있을 것이다. 어디든 완벽한 나라, 모든 사람이 행복한 나라는 없다. 하지만 함께 행복해질 수 있도록 서로가 배려하고 노력한다면 대한민국이 더 행복한 나라가 될 수 있지 않을까?

탁상곰파 앞에서 초와 씨

탁상곰파

014

밥그릇

"충만아, 이제 너도 네 밥그릇 좀 챙겨."

취업에 대한 이야기를 하다가 친구가 뜬금없이 내게 밥그릇을 챙기라고 말했다. 나는 순간 무슨 얘긴지 이해를 못 하다가 잠시 생각하고 나서야 그 뜻을 알아차렸다. 얼마 전 취업에 성공한 그는 내게 진심 어린 충고를 한 것이었다.

똑똑하고 성실하고 봉사정신까지 투철한 그 친구는 1년 정도 취업 준비 기간을 거치고 대한민국에서 제일 유명한 기업에 합격했다. 어디 가서도 일 잘할 타입이라 금세 취업이 될 거라 생각했지만 그 친구 역시도 불합격 통보를 여러 번 받았다. 그러다 마침내 그동안의 노력이 결실을 맺어 가장 원하던 회사에 들어갔다.

나는 이십대 막바지에 마지막 학기를 남겨둔 상태였다. 하지만 자격증을 준비한다거나 하지도 않고 취업 스터디에 들어가지도 않았다. 취업 정보를 찾기 위해 매일같이 관련 인터넷 카페에 들어가지도, 취업 박람회에 참여하지도 않았다. 대신에 아르바이트를 하며 모은 돈으로 여행을 가고 여행하면서 헌혈증을 모금하고 또 소아암 친구들을 만나 조금이라도 도움이 되는 활동을 하느라 여념이 없었다.

물론 취업에 대한 두려움은 있었다. 뉴스에서는 매일 청년실업률이 오른다 하고 정치권에서는 어떻게 청년실업률을 낮출 것인지 공방이 이어졌다. 비정규직과 정규직의 임금 차이는 좁아지지 않았고, 세계 경제 13위의 경제 강대국에서는 기업의 유보금과 관계없이 대기업과 중소기업의 임금을 함께 올릴 생각은 없고 단지 그 격차만을 줄이려고 애썼다. 이미 나이도 꽉 찬 나를 뽑아줄 기업이 과연 있을지 걱정도 됐고 편입한 이력은 또 어떻게 비춰질지 우려도 됐다.

어렵게 취업 준비를 먼저 겪어낸 친구는 내가 진심으로 걱정됐나 보다. 취업에 100% 집중해도 모자랄 판국인데 각종 봉사활동에 해외봉사까지 참여하는 것은 사치일 수도 있으니까. 하지만 굳이 다른 사람들 시선 때문에 나를 바꾸고 싶지는 않았다. 장점은 극대화해 좋은 방향으로 쓰고 단점은 그저 인정하기로 했다.

나는 취업 전에 이 넓은 세상에서 조금 더 배우고 느끼며 나만의 프로젝트를 진행하고 싶었다. 그리고 그런 프로젝트를 통해서 누군가에게 영감을 주고 실질적으로 도움이 될 때가 나는 아직까지 제일 행복하다.

봉사활동은 내 삶의 활력소이다. 그런 경험들이 하나씩 쌓여서 내가 삶을 살아가는 데 도움이 되고 또 누군가에게 거름이 될 것이라고 믿고 또 믿는다.

그렇게 내 밥그릇은 찾아갈 수 있을 것이라고.

#015

상처

/

남이 쏜 상처라는 화살을 주워
일부러 주워서 네 가슴에 꽂을 필요는 없어

그 사람이 일부러 상처를 내려고 했다면
네 사람이 아닌 거고

모르고 상처를 낸 거면
모르고 한 거니

더욱이 절대 되갚아주지 마
시간이 아까워

016

동갑

/

"선생님이 뭐냐, 선생님이. 이름 바꿔."

수정이와 정윤이의 연락처명은 '정윤선생님'과 '수정선생님'으로 표시되어 있다. 동문봉사단에서 주관하는 해외봉사에 함께 참여했던 동갑내기 친구들이다. 캄보디아 남서쪽 시아누크빌에 어린이학교를 짓기로 하여 학교 차원에서 방학 때마다 재학생과 졸업생을 선발해 파견하고 있었는데 당시 두 사람은 동문봉사단에서 일하던 교직원이었다. 이들은 취업이나 봉사에 대해서 내 이야기를 잘 들어주기도 할 뿐 아니라 많은 아이디어를 주기도 했다. 나이 들어가면서 마음 맞는 친구를 만나는 일이 정말 어려운데 이런 활동을 통해 좋은 친구를 얻게 되어 감사하다.

꿈은 있지만 직업을 정하지 못해서 갈팡질팡하다가 작년에 NGO나 대기업 사회공헌팀에 취직하기로 결정한 바 있었다. 그렇게 사회공헌 활동에 관심을 갖고 활동하다 보니 관련직종 종사자들을 자주 접할 수 있었는데 꽤나 실망스러운 부분이 많았다.

NGO에서 주관하는 어느 해외 다문화캠프에 멘토로 참여한 적이 있었는데 아이들과 함께 점심식사 중인데도 불구하고 옆 테이블에서 소주를 마신다거나, 한 재단의 관리자가 봉사지에서 빈둥빈둥 돌아만 다니고 봉사활동에는 전혀 참여하지 않는 경우를 보았다. 사회봉사 경험이 없다시피 한데도 순환근무 때문에 어쩔 수 없이 일하는 경우도 있었다. 그런 사람들을 보며 사회공헌 분야에서 활동한다고 다 같은 마음은 아니구나 하는 것을 깨달았다. 그 사람에게 이 일은 자신의 삶을 영위하기 위한 돈벌이 수단에 불과했던 것이다.

물론 일부 그렇다는 얘기지만 직접 겪어보니 부정적인 생각이 많이 들었다. 하지만 교직원임에도 불구하고 봉사준비 기간이든 캄보디아 현지에서든 다른 학생 봉사자들보다 열심히 맡은 바 임무를 다하는 수정이와 정윤이의 모습은 감동적이었다. 솔선수범하고 진정성 있게 임하는 두 친구의 행동을 지켜보며 마음을 다해 사회봉사 분야에서 일하고 있는 이들 또한 적지 않음을 알 수 있었다.

#017

금수저

/

금수저: 부모의 재력과 능력이 출중하여 아무런 노력과 고생을 하지 않아도 풍족함을 누릴 수 있는 자녀들을 지칭하는 말.

은수저: 대한민국 중산층 부모의 자녀들을 칭하는 신조어. 금수 저보다는 하위등급, 동수저와 흙수저보다는 상위 등급으로 통용 되고 있다.

흙수저: 부모의 능력이나 형편이 넉넉지 못한 어려운 상황에 경 제적인 도움을 전혀 못 받고 있는 자녀를 지칭하는 신조어이며 금수저와는 전혀 상반되는 개념이라 할 수 있다.

금수저, 은수저, 흙수저라는 말이 많이 쓰이다 보니 국어사전에서까지 단어 검색이 가능해졌다. 양극화 현상이 심해질 뿐만 아니라 임금상승률에 비해 물가상승률이 턱없이 가파르게 일면서 많은 사람들이 삶에 어려움과 박탈감을 느끼자 '헬조선'이라는 단어까지 생겨났다.

개천에서 용 난다는 시대와는 달리 이제 자수성가 가능성이 현저하게 낮아졌다. 본인의 능력이나 성품이 부족해도 부모를 잘 만나서 큰 어려움 없이 살아가는 금수저들과, 아무리 열심히 최선을 다해 노력해봤자 쌓인 빚이 있거나 부양할 가족이 많아 빠듯하게 살아갈 수밖에 없는 흙수저들을 소재로 삼는 드라마도 많아졌다. 고위공직자의 아들은 병역혜택 의혹을 받고, 부모 잘 만난 것도 실력이라고 말하는 세상.

나는 속으로 이렇게 말한다.

'나는 금수저다. 부모님이 건강하게 낳아주신 덕으로 100회나 헌혈에 참여할 수 있었고, 똑똑한 머리는 아니라 실패도 많이 하지만 대신에 도전할 수 있는 기회가 많으며, 내 주변에는 돈으로 환산할 수 없을 만큼 가치 있는 훌륭한 친구와 좋은 사람들이 있으므로.'

018

YOLO

/

You only live once.

당신의 인생은 한 번뿐이다.

여행 관련 한 TV 예능 프로그램에서 출연자가 여행 중 만난 외국인 여성에게 YOLO라는 메시지를 받은 장면이 소개된 후 많은 사람들이 그의 뜻에 공감하고 자극을 받았다.

물론 과거에도 인생은 한 번뿐이라는 것을 사람들이 모르지는 않았지만 오늘날 급변한 문화와 환경의 영향으로 그 의미가 달라졌다. 과거나 미래보다 현재의 행복에 집중하고자 하는 젊은 세대 층의 삶의 태도를 반영하고 있다.

미래를 위해 저축을 중시하고 결혼해서 가정을 꾸리고 아이들 교육에 집중했던 과거와 달리 YOLO족은 그 누구보다 자기 자신의 행복을 가장 우선시하고, 불투명한 미래를 준비하는 데 시간과 재화를 투자하기보다는 현재의 행복을 충족시키는 데 최우선적인 활동을 한다. 여기에는 급속도로 변화하는 세상과 치열한 경쟁사회가 많은 영향을 미치기도 했다. 핵가족화와 더불어 1인 가구 비중이 늘어난 데다 사회는 각박해지고 물가 또한 걷잡을 수 없이 올라 집값이 뛰면서 N포 세대라는 신조어가 나올 정도로 삶은 이전보다 더 미래가 불투명해졌다. 그렇다 보니 나 하나 살아가기도 빠듯해져서 다른 이들의 삶을 신경 쓸 만큼의 여유를 갖지 못하게 되었고 이런 사회 현상이 인간관계를 더욱 각박하게 만들었다.

YOLO족은 취미나 자기개발을 통해 삶의 질을 높이는 활동을 한다. 이런 YOLO 트렌드를 겨냥해서 각종 상품과 서비스들이 줄지어 출시되고 있다. 나 역시 하루하루 최선을 다하며 현재를 살고 일상생활에서 사소한 것에도 감사한다면 삶이 더욱 행복해진다고 믿고 있다. 또한 반대로 나는 YOLO가 트렌드화되면서 타인의 삶에 더욱 관심을 갖게 됐다. 나만 그런 것이 아니라 모든 이의 삶이 단 한 번뿐이기 때문이다. 나의 삶도, 아버지 어머니의 삶도, 내 동생의 삶도, 친구들 그리고 내가 아는 모든 사람의 삶도 다 똑같이 한 번뿐이다.

저마다 이 세상에서 사는 기간은 다르지만 유한한 시간을 갖고 있다는 사실만은 모두 같다. 이런 연유로 나와 시간을 보내고 추억을 공유하고 내게 기꺼이 시간을 내주는 이들에 대해 정말 더욱 감사함을 느끼게 되었다. 네팔로 오기 전에도 소중한 시간을 내어 조언을 아끼지 않았던 형과 누나들, 학용품을 기부하고 싶다고 연락해준 친구, 함께 헌혈증을 모으고 학용품을 모아준 승연이 형, 지금까지 키워주시며 온갖 정성을 쏟아 많은 시간을 할애해오신 부모님, 그리고 한 번뿐인 삶을 같이 살아가는 친구들과 그 밖에 내가 인연을 맺고 있는 많은 사람들. 당신의 한 번뿐인 삶에서 시간을 내어주고 공유해주어 감사합니다.

시간은 금이라고 하였던가, 하루하루 주어진 시간을 소중히 여겨야겠다. 귀중한 시간을 내어 이 글을 읽어주신 모든 분께 감사하며 나 또한 이 시간이 헛되지 않도록 소중한 나의 시간을 글자 하나하나에 쏟아 넣어본다.

#019

100m

/

올림픽 100m 육상선수가 경기를 시작하고 끝내는 데 걸리는 시간은 10초 내외. 그 10초를 위해서 그들은 몇 년간 훈련을 하고 그 10초 동안 온몸의 에너지를 쏟아낸다.

몇 년 동안의 인내와 노력으로 만반의 준비를 다해 단 하루 동안 평가받는 시험을 치르는 이들도 모두 박수받아 마땅한 존재. 일등이 아니더라도, 유명하지 않더라도, 물질적으로 충만하지 않더라도, 남들에게 드러나지 않아도, 각자의 삶에서 열심을 다해 살아가고 있지 않은가.

020

행동

사람의 말을 신뢰하기보다는 행동을 믿습니다.

말은 거짓말로 겉치레가 가능하지만
행동은 그 사람 본연의 분위기와 습관이 흘러나오거든요.

선거철, 후보 시절 공약으로 내세웠던 이야기가
당선되고 나면 쥐도 새도 모르게 사라지는 사회를
하루이틀 살아본 게 아니거든요.

하지만 당신의 말 하나하나를 다 믿었는지 후회됩니다.
사람의 말은 가끔 본심과는 다르더군요.

내가 정말 싫어서 나에게 화를 냈던 게 아니었네요.

"나는 그때 아무것도 이해하지 못했어. 꽃의 말이 아닌 행동을
보고 판단했어야 했어. 내게 향기를 전해주고 즐거움을 주었
는데…… 그 꽃을 떠나지 말았어야 했어. 그 허영심 뒤에 가려
진 따뜻한 마음을 보았어야 했는데…… 그때 난 꽃을 제대로
사랑하기에는 아직 어렸던 거야." - 어린왕자

부탄 기념품

021

한 사람의 힘

/

그저 보통사람인 내가 할 수 있을지 의문이었다. 물론 누군가에게는 영감을 주는 일이 되고, 헌혈증 모금과 엽서 판매를 통해 얻은 수익금을 환우에게 전달해서 치료비에 조금이라도 보탬이 될 수는 있다고 확신했지만, 과연 큰 효과를 이루어낼 수 있을지 가끔은 불안했다.

인터넷에서 한 기업 서포터즈 공고를 보고 지원했을 때 겪은 일이다. 평소 그 기업을 잘 알고 있거나 선호했던 것은 아니지만 자회사 중에 관심 있게 지켜보던 스포츠 브랜드가 있어서 혹시나 서포터즈 활동을 하는 가운데 그 브랜드에 대해 더 잘 알 수 있게 되지는 않을까 하여 지원을 결심한 것이었다.

대학생치고 적은 나이가 아니라 담당자 입장에서 탐탁지 않을 수도 있다고 생각은 했지만 1차 서류전형과 2차 과제를 통과하고 마지막 면접만을 남겨둔 상태였다. 당시 동문봉사단에서 주관하는 캄보디아 해외봉사 준비를 하고 있었는데 출국 하루 전날 면접을 보게 됐다. 자기소개도 하고 2차 과제에 대해 설명도 하면서 부담 없이 대화를 이어나갔는데 붙을 거라는 생각은 들지 않았다. 2차 과제도 부실했고 나이도 걸리고 대화를 통해서 내 부족함이 많이 느껴졌기 때문이다.

대부분의 기업이 홍보대행사를 통해 서포터즈를 관리하는데 이 기업은 신기하게도 본사에서 일하는 분 혼자 서포터즈 전체를 담당하고 있었다. 면접이 끝나고는 미술관 입장권을 한 장 주시며 대기실에 있는 책도 한 권 가지고 가라 하셨다. 저명하신 어떤 분이 본인의 인생을 돌이켜보고 젊은 친구들에게 꿈과 희망을 가지라는 메시지를 전달하는 책이었다. 여태껏 서포터즈 면접을 여러 번 보았는데 면접이 끝나고 이처럼 많이 배운 경우는 처음이었다.

그저 남는 책, 남아도는 미술관 입장권일지도 모르지만 면접에 온 학생들을 배려한다는 느낌을 받았고, 면접 내용에 있어서도 나 자신을 돌이켜보고 부족한 점을 되새겨볼 수 있는 계기가 되었다.

#022

선배

/

나는 선배가 없다. 아니 없었다.

세 번의 수능과 대체복무 그리고 편입을 하고 나니 학교에서
꽤 나이가 많은 축에 속했다. 해외봉사단에 참여하고 학교 서포
터즈 봉사팀장 등 외부 활동에 활발하게 참여하면서 여러 친구
들과 동생들을 만나 많이 배웠지만 나보다 나이 많은 이를 만나
기란 쉽지 않았다.

그런 내게 동문봉사단인 '함께한대'에서 만난 형, 누나들 그리
고 나보다 이곳을 먼저 거쳐간 이들은 그야말로 선배였다. 단지
나이가 많고 학교를 먼저 다녔다는 이유에서가 아니라 세심한 배
려 등 잘 챙겨주는 모습에서 배울 점이 여러 가지로 많았다.

동문봉사단은 말 그대로 졸업 후 활동하는 졸업생 봉사단인데 나는 아직 졸업을 하지 않았음에도 불구하고 학교 사회봉사단에서 함께 활동한 형곤이가 소개시켜주어 2년 전부터 활동하고 있다. 매달 한 달에 한 번 자체적으로 기획단을 선출해 봉사 내용을 기획하여 지체장애인들을 만나 서로 교제하는 시간을 갖는다든지 이 밖에도 학교 내에서 김장봉사나 연탄봉사를 할 때 함께 참여한다. 재학생이라고 조언도, 배려도 많이 해주신 덕분으로 편입생임에도 불구하고 별다른 이질감을 느끼지 못했다.

5월에는 '함께한대'에서 같이 봉사하는 선배들의 결혼식이 몇 차례 있어 다같이 얼굴 볼 기회가 많았다. 결혼식이 끝난 뒤 시간 여유가 있는 사람들끼리 커피 한잔하기 위해 이동할 때 나는 인사하고 먼저 집에 가려고 했다. 특별히 바쁜 일이 있었던 건 아니지만 굳이 커피에 돈을 쓰고 싶지도 않았거니와 짐이 되기도 싫어서였다. 그때 아영 누나가 눈치를 챘는지 차 한잔 사줄 테니 잠시라도 함께 있다 가라고 했다. 눈물 나게 고마웠다.

얼마 전에는 봉사참여 날이 서로 달라 오랫동안 보지 못했던 상호 형을 만났다. 항상 내가 하는 프로젝트들을 응원해주는 동시에 현실적인 조언도 많이 해주는 형이다. 다재다능할 뿐 아니라 취미생활을 즐기면서도 봉사에 꾸준히 참석하는 형은 이번에도 밥을 사주면서 내게 여러 조언을 아끼지 않았다.

"얼마 전 어떤 TV 예능 프로를 봤어. 한 배우가 무명시절 혼자 밥을 먹고 있는데 같이 촬영하는 유명배우가 다가와 함께 식사하면서 위로해주더라는 거야. 너도 나중에 잘되면 형한테 잘하지 말고 동생들한테 잘해라."

나보다 네 살 위인 빛 형은 곱창을 매우 좋아한다. 그리고 200회가 넘게 헌혈에 참여하고 있다. 내 주위에 빛 형만큼 열심히 헌혈에 참여하는 이가 없으므로 형은 내게 롤모델이며 언제나 자극이 되는 존재이다.

나도 언젠가 형, 누나처럼 누군가에게 힘이 되는 사람이 되어야겠다.

#023
팀 프로젝트

스티브 잡스가 말하기를 그의 사업 모델은 '비틀즈'였다.

비틀즈는 영국 리버풀 출신의 청년 4명이 시작한 밴드인데, 스티브 잡스가 그를 모델로 뽑은 이유는 서로 조화를 이뤄서 전체가 부분의 합보다 더 큰 에너지를 만들었기 때문이다.

사업에서 위대한 일은 결코 혼자 이룰 수 없으며 위대한 일은 팀이 만들어낸다고 잡스는 말했다. 수학에서 1+1=2라는 정답이 있지만 사람과 사람의 만남에서 수학법칙은 적용되지 않는다. 한 명과 다른 한 명의 만남이 두 명보다 더 큰 성과를 낼 때도 있고 때로는 각자 개인의 성과보다 못할 때도 있다.

마지막 학기는 최악의 학기였다. 경영학 수업 팀 프로젝트에서 어떤 학생이 내일이 제출일인데도 보내주기로 한 자료를 보내지 않고 있다가 갑자기 외할아버지가 돌아가셨다며 장례식장에 간다고 한 후 연락이 두절돼 결국 과제 자료와 발표를 나 혼자 떠맡게 되었다.

또 다른 경우로, 여섯 명이 함께하는 팀 프로젝트에서 내가 PPT자료를 만들기로 하고 문서 정리와 과제 발표를 위한 두 명이 더 필요하여 나를 제외한 다섯 명이 사다리타기로 역할을 정했는데 팀의 유일한 중국 학생이 발표 역할에 걸렸다. 한국어에 미숙한 중국 학생이 발표를 떠맡게 됐는데도 아무도 도와주지 않아서 결국 PPT를 만든 내가 과제에 대해 더 잘 안다는 이유로 발표를 대신했다.

각자의 시간도 소중하고 저마다 사정도 있을 것이다. 그러나 이건 아니다. 과연 나는 다른 사람들과의 관계에서 개인의 이익만을 추구하지 않고 시너지를 낼 수 있는 사람일까 고민해본다.

#024

직업

/

"오빠는 직업이 뭐라고 생각해? 내게는 자아실현의 수단은 아
니고 생산활동이야. 돈 벌어서 하고 싶은 것 하고 삶을 영위해나
가는 것."

호정이는 경제학을 전공했는데 몇 년 전 휴학을 한 뒤 2년 동안
회계사(CPA)를 준비하다가 중단하고 다시 학교로 돌아와 학기를
끝마쳤다. 그리고 단기 인턴을 하고 나서 다시 회계사 시험을 준
비 중이다. 우리는 가끔 만나 직업에 관한 이야기를 하곤 한다.

직업이란 무엇일까? 국어사전에 따르면 '생계를 이어나가기
위해서 자신의 적성과 능력에 따라 일정한 기간 동안 계속 종사
하는 일'이다.

쉽게 말해서 일을 하는 이유는 '돈' 때문이다. 적든 많든 간에 삶을 유지하기 위한 수단으로 '돈'은 필수다. 다만 나는 직업을 택할 때 돈보다는 가치실현을 위한 일이나 좋아하는 일을 하는 것이 경제적으로 효율이 더 높다고 생각한다.

취미나 관심사가 일이 될 경우 돈도 책임이 따르기 마련이다. 그래서 그저 좋아하는 일로만 남겨둘 수 없기에 취미를 일로 선택하지 않는 이들도 있다.

하지만 좋아하는 일을 하면 다른 일보다 능률이 높을 수밖에 없고, 지속적으로 꾸준히 할 가능성도 높고, 또 이는 성공으로 이어질 확률도 높다.

정답은 없지만 조금 더 행복한 길을 택했으면.

#025

살

/

"충만아, 너 순례길도 몇 킬로를 걸었는데 왜 이렇게 살이 쪘냐?"

매일같이 보는 내 몸인데도 살이 쪘는지 몰랐다. 남의 얘길 듣고 나서야 석 달 만에 체중계에 올라서보니 7kg가 쪘다.

내가 살이 찐 걸 나도 몰랐구나. 살이 쪘다는 사실도 모를 때가 있는데 꿈이 뭔지, 하고 싶은 게 뭔지도 모를 수 있겠구나.

괜찮다. 꿈 같은 거 모르고 하고 싶은 것 아직 몰라도.

하지만 살쪘다고는 누가 말해줄 수 있어도 꿈은 다른 사람이 알려주지 않는다.

026

변화

세상을 변화시키고 싶다면
나를 먼저 변화시키는 게 첫 번째

내가 행복해지면
가족 구성원이 행복해지고

우리 가족이 행복해지면
친인척과 이웃이 행복해지고

이웃이 행복해지면 온 동네가 행복해지고
온 나라가 행복해지고

나 하나도 바꾸지 못하면서
다른 이를 바꾸려는 것은

오만

탁상공파 카페테리아

부족함

/

"엽서 얼마나 팔았니?"

귀국 후 3주 정도 지나서 승연이 형과 지인들, 그리고 SNS를 통해 모금한 113장의 헌혈증과 엽서 판매금을 환우에게 전달하려던 참이었다. 처음 엽서 판매 목표치는 88만원이었는데 한참 모자라는 금액인 34만원이 모였다. 병원비에 비해 터무니없이 적은 돈임을 알지만 그래도 도움이 되고 싶어서 내가 10만원을 보태 총 44만원과 헌혈증을 전달하기로 마음먹었다.

엄마가 엽서를 얼마나 팔았는지 물으시길래 44만원을 모았다고 말씀드렸더니 엄마는 50만원을 채워 전달하라며 6만원을 주셨다.

취업 준비는 안 하고 갑자기 히말라야에 간다고 할 때도 말리지 않고 지켜봐주셔서 감사했는데 환우 가족에게 전달하라고 모금까지 참여해주시니 몸 둘 바를 몰랐다.

"오빠, 혹시 엽서 얼마 정도 팔았어?"

도움이 필요한 환우를 소개해준 이유진 간호사와 오랜만에 연락이 닿았다. 유진이와는 같은 대학에 다녔는데 함께 동문봉사단 활동에 참여하면서 친해졌다. 유진이는 졸업하고부터 소아암 병동에서 간호사로 일하고 있는데 작년과 마찬가지로 이번에도 도움의 손길이 필요한 환우 가족을 소개해주었다.

내가 해박한 의학 지식이 있는 것은 아니지만 자주 헌혈을 하면서 조혈모세포 기증서약에 참여하다 보니 자연스럽게 소아암 환우에게도 관심을 갖게 되었다.

그리고 큰 도움은 못 되더라도 미약하게나마 함께하며 그들이 혼자가 아니라는 것을 느끼도록 해주고 싶은 마음에 헌혈증을 모아 전달하기 시작했다.

"34만원 모았는데 생각보다 적어서 내가 10만원 보태려고."
"그럼 내가 6만원 보탤게. 50만원 맞춰서 전달해드리자."

정말 감사하고 감사했다. 턱없이 부족한 금액으로 목표를 달성하지는 못했지만 주위에서 이렇듯 함께 걸어주는 사람들이 있어 감사했다.

"신기한 일도 다 있네. 마침 엄마도 6만원 보태주신다고 하셔서 50만원 됐어."

3월 23일, 유진이와 함께 환우 어머니를 만나 엽서 판매금과 헌혈증을 전달하기 위해 병원으로 갔다. 환우 어머니께서는 유진이를 보자마자 서로 부둥켜안고 한참 동안 함께 눈물을 흘리셨다. 그 모습을 바라보는 나도 목이 메었다. 새삼스럽게 간호사란 참 귀한 직업이구나 하는 생각이 들었다. 어린 자식이 암과 싸우고 있는 모습을 지켜보는 부모의 심정은 어떤 말로도 위로가 되지 않을 텐데……

아무것도 하지 않은 채 손 놓고 있을 수만은 없다. 한 방울 한 방울이 누군가에게 생명수가 되듯이, 촛불 하나하나가 모여 횃불이 되듯이, 작은 발걸음이 누군가에게 거름이 되기를.

탁상곰파

    카트만두 공항에서 스물아홉 번째 생일을 맞았고, 여전히 방황하는 나는 이렇게 서른 살을 맞이했다. 나의 이십대는 크게 세 번의 수능, 편입 그리고 2년 반 동안의 휴학으로 나뉘었다.

    10년 전 내가 스무 살 때인 2007년 12월 7일, 서해 태안 앞바다에서 유조선 허베이스피리트호와 삼성중공업의 해상 크레인이 충돌하여 유출된 기름으로 국내 가장 심각한 해양오염 사태가 일어났다. 세 번째 수능이 끝난 2008년 겨울, 교회에서 단체로 며칠간 태안 봉사활동을 갔다. 태안 앞바다 해변에 있는 돌들은 기름때가 껴서 검은색 페인트가 묻은 것처럼 새까맸고 봉사자들은 수세미 등으로 기름때 낀 돌을 박박 긁었다. 하루 종일 닦고 또 닦아도 육안으로는 별 변화가 없어 보였다.

　당시에 딱히 어떤 직업을 갖겠다는 구체적인 목표는 없었지만 막연하게나마 후에 또다시 이런 사고가 일어나지 않도록 미연에 방지할 수 있는 사람이 되고 싶다는 생각을 했었다. 어쩔 수 없는 사고에 직면했을 때 책임지고 보상과 원인 규명을 철저히 하는 등 사후처리를 제대로 하는 데 기여할 수 있는 사람이 되고 싶다는 생각도 했다.

　그런 사람이 되기에 나 자신은 너무나 하찮고 미약한 존재라고 느껴졌지만 거창하게 생각할 필요가 있는가? 그래서 지금 당장 내가 할 수 있는 작은 것 한 가지라도 실천하기로 했다. 공부하고 봉사하고 헌혈에 본격적으로 참여하는 것.

어떤 직업을 갖게 되더라도 가치 있는 사람, 세상에 긍정적인 영향을 미치는 사람이 되겠다고 다짐하며 그런 꿈을 안고 걸음을 내딛기 시작했다. 한 걸음 한 걸음씩 차근차근 걸어나가며 때론 실패도 맛보고 좌절도 경험했다. 그리고 그렇게 부딪히고 도전하는 가운데 앞서 나간 사람들의 발자취를 하나하나 보고 배우려 노력했다.

여전히 먹고사는 문제로 고민하며 아등바등 지내고 있지만 건강한 신체를 갖고 있어 배움의 기회와 여행의 기쁨을 누릴 수 있기에 행복하다. 사회문제를 혼자만의 힘으로 해결하기란 불가능하다. 스스로의 삶이 벅차고 힘겨울 때도 많겠지만 조금이나마 서로 돕고 나눈다면 모두가 함께 행복해지리라 믿는다.

우리의 작은 걸음이 모인다면 누군가의 삶에 거름이 될 수 있지 않을까?